U0057273

文經文庫 294

年度最幽默、深情的老爸

蔡春豬／著

文經社
COSMAX
PUBLISHING Co.
Since 1981
Taiwan

喜禾，我是誰？

鴨子、火車、公車、氣球、棒棒糖你都認得，
卻從來都不認得我。

我是爸爸，
「爸爸」就是爸爸，
「老爸」、「阿爸」、「爹」、「老爹」、「爹地」都是爸爸，
「老蔡」也是爸爸，
「蔡老師」也是爸爸，
「老公」也是爸爸，

你媽媽那天說的「王八蛋」也是爸爸。

喜禾，是位自閉症的孩子。

有人說，他是星星的孩子。

因為他很難歸類，就幫他開除地球的「球籍」了嗎？

我找遍妻子的手機，找不到一個叫「星星」的男人，
如果找到，我也不多說什麼，也不跟他拼命，
只把喜禾往他跟前一推，
「這是你的兒子，以後你管。」

喜禾很喜歡玩水，到了水裡面，就能跟同齡的孩子打個平手，甚至略佔上風，

帶他去游泳池，他一直活躍在深水區，那是因為他爸爸我的偉大。

有一次，一個老阿伯對我說：「你怎麼敢帶你兒子來深水區？」

笑話！我有什麼不敢的，反正他都這樣了。

記者問我如何才能改善自閉症兒童的生存環境，
我回答說人人生一個自閉症小孩。
這是開玩笑，自閉症雖然不怎麼樣，但也不是你想生就能生出來，
跟愛情一樣，要緣分。

我想跟兒子說，爸爸雖然拿你開了很多玩笑，
但爸爸還是愛你的——這不是玩笑；
如果在你和玩笑中只能二選一，我選玩笑——這次是玩笑。
爸爸拿你開了很多玩笑，有的甚至還很過分、很殘忍，
但再過分再殘忍都不及你，
不及你的萬分之一——**你扮演一個自閉症小孩，到現在還在演。**

推薦序

闔上書本後，《爸爸愛喜禾》中的故事畫面還停留在我的腦海中，或許我們心中都有著許多「為什麼？」，然而從人們尋求而來的解釋卻仍覺得空洞，因為過度單純化解釋人生實在太輕率了，尤其在這個公平與不公平共存的社會，許多狀況是無法理解與說明的。

曾看過打鐵師父在煉鐵過程中必須將鐵器放在燒紅的熔爐裡熬煉，敲敲打打成期待的成型後再放入冷水。如果不是想要的形狀，便再次熬煉敲打，生命的深度淬鍊也是如此吧？這些雲彩般的生命見證人，經過嚴厲的操練與鞭打再浸到淚水中，而經歷過這些痛苦過程的人們才能執行安慰的使命，與哀痛的人一同哭泣，能抓緊彼此的手一同站立。透過痛苦的錘鍊成了能安慰受苦的人，從痛苦中明白生命的美意，那麼人生也不再是一道道的謎題了！

米媽（米家的慢走與樂活部落格主）

有人問要如何才能改善自閉症兒童的生存環境？喜禾的爸爸說：除非人人生一個自閉症小孩。這讓我想起陳長文律師的話：「我真的很希望所有掌握權力的人，擁有能力與財富的人，家中都有一個身心障礙的孩子。」我想，若是大家有機會能看到這本書，就能更體貼地對待這樣的孩子與他們的家人。

李偉文（作家．牙醫師．環保志工）

我是個愛碎碎念的老爸，這本書讓我閉嘴，開始欣賞兒子遺傳自我的碎碎念。

岑永康（電視主播．親子作家）

身為兩個男孩的父親，我經常覺得，孩子是一個邀請，讓我們重新擁有童年的眼睛，重新認識世界、體驗生命、珍惜萬物一切的邀請。

就像喜禾的爹，身為一名特殊兒童的父親，我更常體會，孩子是一個禮物，一門人生功課，讓你在挫折中感到幸福、在迷惘中摸索未知、在一公噸的無奈無助中，提煉一公克謙卑智慧的學習歷程。

黃哲斌（自由撰稿人）

編劇家沒有給我們一個煽情、悲苦、偉烈的自閉兒養育手記，我們在這本書裡，看到一個男人和字裡行間偶而機鋒幽默出現的妻子，是如何的溫厚、強壯來面對獨子是自閉兒的日常人生，篇幅雖短、底蘊盎然。這本書讓人們知曉，無論如何，養育即是如此的可貴。

番紅花（知名親子作家）

喜禾從沒問過「這是什麼？」都是爸爸問他「這是什麼？」，其實喜禾不需要問「這是什麼？」。因為他有個宇宙天下無敵好玩的爸爸蔡春豬，會找到辭海＋百科全書＋谷狗保證沒有的絕妙解答。「這是送給所有父母和自閉兒家庭的好書！」

趙靖宇（知名專欄作家）

（本推薦文依推薦者姓氏筆劃排列）

0／序幕

你是喜禾

兒子，你都三歲了，從來沒問過爸爸一個問題，都是爸爸問你，「喜禾這是什麼？」、「喜禾，這又是什麼？」……所以爸爸很期待那麼一天，你主動向爸爸提問，哪怕你問：「你是誰啊？你找我媽有什麼事嗎？」

雖然你不曾問過爸爸一個問題，但爸爸知道，在你的內心，你一定有很多很多的疑問，關於你，關於爸爸，關於媽媽，關於家庭，關於人生，關於命運，關於宇宙……關於房貸。

兒子，房貸的事情是這樣的，我解釋一下，我們家確實還欠著銀行的房貸，

不多，但也不少，具體數目你就不用知道了。你不用擔心，爸爸有償還能力，保證影響不到你吃餅乾。不能拿餅乾去還房貸，銀行不收——不是因為被你咬過一口！

你是爸爸媽媽的兒子，你的名字叫蔡喜禾，這三個字裡面，其中兩個是爸爸取的——「喜」字還有「禾」字，另外一個字的權利給了你媽媽。

喜禾的名字是怎麼來的？說來話長，這得回到二十年前，數學課上爸爸想到一個好名字，捨不得給自己用，決定留給未來的兒子，於是決定去找一個女人，二十年的按圖索驥，人海茫茫中，爸爸找到了媽媽。蔡喜禾名字寓意高深，簡單點說，爸爸希望你是歡歡喜喜的小禾苗，或者，一個歡歡喜喜的莊稼人。你的爺爺奶奶是莊稼人，你的祖輩都是莊稼人，爸爸十八歲來北京的前一天，還挽著褲腳在田地裡幹活呢。

你是在哈爾濱出生的，你出生的時候也有吉兆——我的電話響了。爸爸那時在北京寫劇本，劇本拖了半年交不出，焦頭爛額，每天想跳樓，為了躲稿債，電話線都拔了……但是你一出生，電話居然響了。

電話是你外公打來的，外公在電話裡說：「小蔡啊，你兒子出生了。」爸爸聽了很興奮，馬上反問：「男的還是女的？」

當日爸爸就飛回了哈爾濱。在飛機上很興奮，特想跟人說點什麼，看到空姐過來，爸爸一指窗外問：「你好，下面是哪裡？」

下了飛機，坐在機場大巴上，爸爸還是很興奮，於是又跟司機說：「司機先生，給我停一下。」

到了醫院見到你，爸爸就放下心了。你確實是我的親生兒子。咱父子倆太像了，尤其是性別。

你出生後的第二天，爸爸就去商店給你買了幾個玩具。護士跟我說，你不會玩玩具。現在兒子你都三歲了，還是不會玩玩具，爸爸一直記恨這個護士——烏鴉嘴。

爸爸把你放在了哈爾濱，自己回了北京。開始每個月去看你一次，後來兩個月去看你一次……每次見到你，變化都很大，兩個月前你穿的是襯衫，兩個月後你穿上了毛線衣。但有一點你始終沒變：你從來都不認識我。

我希望你記得，不管我在不在你身邊，這個世界上你還有個爸爸。但是我卻經常忘了自己還有你這個兒子。有一次跟朋友吃過飯，回家路上總覺得少了點什麼東西。朋友說，你錢包丟了？不是！朋友又問，手機？……我還有個兒子，我都忘了。三十多年了無牽掛，突然多了一個應該日思夜想的人，是有點不大適應。

每天你外婆電話裡跟我彙報你的情況，你拉屎了，你又拉屎了；昨天你拉的屎不太好但今天你拉的屎非常好……每天在電話裡，我們都用科學的精神探討你的屎。有時你拉了一泡好屎，不乾不稀，不軟不硬，能想像電話那頭你外婆是多麼眉飛色舞嗎？你外婆的願望有兩個：世界和平；你拉好屎。我略有不同，世界和平與否關我屁事，但願屎常好，千里共嬋娟。

你是不同凡響的。知道嗎，媽媽在懷上你時，夢到了一條龍——這條龍有四隻腳，兩隻下垂的大耳朵，眼睛被臉上垂拉下來的肉埋了起來——還是它根本就沒有眼睛？它最大的特點就是喜歡吃，餓了就用它的長嘴巴拱槽——你說這是豬……還別說，真有點像。

好吧，爸爸說謊了，確實是豬。事情其實是這樣的，媽媽在懷上你時，夢到了一頭豬。那為什麼要說夢到了龍呢？「懷我兒子時我夢到一頭豬！」——

人有臉樹有皮，你媽媽的自尊不允許她這麼說。

不管這些了，無論夢到的是豬還是龍，都只說明這麼一個事實：你蔡喜禾，註定是不同凡響的。原因當然很多很多，但首要一點，因為你是爸爸的兒子。

爸爸是不同凡響的。據我的媽媽你的奶奶說，她剛懷上我時，夢到了一條龍。這條龍有四隻腳，兩隻下垂的大耳朵，餓了就用它的長嘴巴拱槽……。

前陣子有個阿姨問我，你一定很可愛吧，爸爸謙虛了一下，回答說：

「全世界排名第三可愛吧。」

為什麼是第三而不是第一？原因很簡單，水滿則溢，月滿則虧，木秀於林，風必摧之，槍打出頭鳥，咱就不爭這個第一。再說了，全世界有七十億人，光每天新出生的嬰兒就達二十萬之眾，偌大一個世界，我就不信找不到一兩個比你更可愛的。但在爸爸見到的孩子當中，你，是第一可愛的。

目次

1／這是皮球

「喜禾，這是什麼？」

我手裡拿著一個皮球問他，他聽不見，他就在我身邊卻聽不見，眼神看著遠處。我強行把他的小臉掰過來面向我，把皮球放到他眼前，再問：「喜禾，這是什麼？」這次他好像聽見了，但還是一點反應都沒有。這時竄出一個小男孩，驕傲地說：「叔叔，我知道，問我吧！」

小男孩看上去比喜禾大不了多少，長得聰明伶俐。他的聰明伶俐其實我早

已領教過了，自從我進了這個遊樂場，他就如影隨形。我教喜禾玩沙漏，喜禾把沙子倒進了衣領，而這個小男孩玩沙漏就像一個小小科學家；我帶喜禾盪鞦韆，喜禾屁股還沒坐上去就已經從另一邊滑了下來，而這個小男孩就在我們旁邊盪，越盪越高；我教喜禾騎三輪車，三輪車把喜禾的腳捲進了輪下，而這個小男孩騎著另一輛三輪車圍著我們耍雜技。每次我拿著一樣東西問喜禾，這個小男孩都會衝出來伶牙俐齒地搶答了。老天爺生怕我不知道或者忘了自己兒子是個自閉症患者，於是體貼地給我安排了這麼一個小使者，提醒我、鞭策我、敲打我——給你看看真正的小孩應該是什麼樣的！

此刻，這個小男孩就在旁邊，等著我問他，然後驕傲地說出答案。也許是想得到我的表揚，「你看這個小哥哥多厲害，你跟他比簡直就是一根木頭。」但是我現在不想犧牲兒子去成就他的驕傲，所以我對他說：

「滾蛋！」

他走了，一步三回頭，頗不服氣。雖然走了，但依然在遠處看著我們。我能感覺到。

是的，我兒子三歲了，他什麼都不會。

奶奶打電話過來要跟他說話，他抓過電話就往嘴裡放；下樓梯，他腳是往前邁了，但眼睛卻看著天花板；他餓了不會說餓只會哭；他不會叫爸爸也不會叫媽媽只會一天到晚叫火車；他不會跟小朋友玩，他不會玩玩具，他不會吹氣球，他不會語言交流，他不會說要尿尿，他不會老老實實地坐一會兒，他不會唱歌不會背唐詩，他不會溜滑梯不會跳……他不會的事情多了。多到我都懷疑，這個世界上，還有什麼是他會的。

那麼，他會什麼呢？

對了，他會吃電話；下樓梯時眼睛會看天花板；見到爸爸他會叫火車；他會把電視機推倒；馬路上他會直接朝飛馳的卡車跑去；溜滑梯他會橫著溜下來；他會摳插座、會把屎拉在褲子裡，他會打碎杯子，他會把垃圾桶掀翻，他會舔電線杆，他會把門關上再打開再關上再打開，他會吃手能摸到的任何東西……他會的事情太多了，我想不出這個世界上還有什麼是他不會的。老天爺，限制一下他的能量吧。

我有時看到那些普通的孩子，還真讓人生氣。比如盪鞦韆，才兩歲的孩子啊，居然不用爸媽幫忙扶，自己一人就玩得挺好的還不會掉下來，真讓人生氣。看到他把鞦韆盪得那麼高，我想要不要晚上來一趟，在鞦韆的繩索上割個幾刀。小孩們在湖邊撈小魚，他們的父母居然能悠閒地遠遠站著，而不用擔心小孩跳進湖裡，頂多說一句「別靠得太近」，奇怪的是，那些小孩聽到這句話之後還真的會退後幾步，真讓人生氣。所以我在考慮，是不是應該把湖邊的石頭鬆動幾塊。一個小孩子在騎單車，看到前方有汽車過來，居然老早就停下來退到路邊避讓，而不是向汽車衝過去，這也讓人生氣。我應該跟那個汽車司機認識一下，下次開車前勸他多喝幾杯酒。幾個小孩在樓下捉迷藏，小女孩居然知道藏起來，小男孩居然還知道去找，這也讓人生氣。他們既然愛捉迷藏，我應該給他們挖個藏身之地，只進不出。

我承認，我的念頭邪惡了。我也承認，我確實有過這些念頭。我禁不住會有這些念頭。你不能禁止我有這些念頭。

我念頭多著呢，有一天看到兒子用手指頭在摳插座，我當下就想，我應該去把插座孔弄大一點，以便讓他的手指能完全伸進去。

小男孩一直在觀察著我們，看喜禾不會什麼接下來還有什麼不會。如果他的願望是喜禾不會，那今天一定是他豐收的一天——喜禾不會的太多了。儘管如此，我認為總有些事是喜禾會而他不會的，哪怕只有一件。是什麼呢？

環顧遊樂場，所能看到的事物，都已經證明過了——

騎車？不會。

盪鞦韆？不會。

沙漏？不會。

拍皮球？不會。

溜滑梯？不會。

蹺蹺板？不會。

蹦蹦床？不會。

……

我絞盡腦汁想，究竟有什麼是喜禾會而他不會的呢？一定會有。就在我冥思苦想的時候，奇跡出現了——喜禾用舌頭在舔滑梯。

我對小男孩說：「你看小弟弟會舔滑梯，你會嗎？」

小男孩說：「滑梯髒，不能舔的。」

我說：「誰說不能舔？」

小男孩說：「媽媽說的。」

我說：「放屁。你看著——」

最後我跟喜禾兩人一起舔滑梯，就在眾目睽睽之下。

管他呢，世界上畢竟有了一件喜禾會而別的小孩所不會的事情，值得開瓶酒慶祝。

2／這是爸爸

喜禾叫過爸爸嗎？朋友問我，我扭頭對著廚房就喊：

「老婆，喜禾叫過我爸爸嗎？」

兒子有沒有叫過我爸爸，這麼簡單的事還要向老婆求證，我也有說不出口的難處，因為我實在無法確定，但有一點是確定的——他叫過我叔叔。有一天早晨他醒來，他媽媽帶他上廁所，一看到我，他興奮而清晰地叫了一聲：

「叔叔。」

當時我就嚇到了，這一夜究竟發生了什麼？我怎麼什麼都不知道？我是最

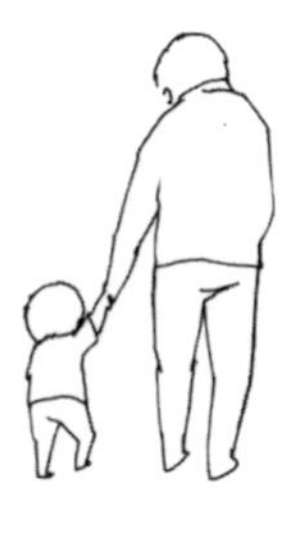

後一個知情的人嗎?

他應該是叫過我爸爸的,半年前我們就開始訓練了。我手上有香蕉、蘋果、餅乾,他叫爸爸就給他吃。

他伸手就來搶。休想!叫爸爸才給你吃,這是遊戲規則。

我說:「想吃蘋果嗎?叫爸爸。」

我說:「搶也不給,叫爸爸。」

他又搶,我不給。搶了幾次之後,他就哭了。

我說:「哭也不給,叫我,爸——爸——」

他叫了:「爸爸。」而且還叫上癮了,「爸爸、爸爸爸爸、爸爸爸、爸爸爸爸爸爸爸……」

我還沒來得及享受那聲「爸爸」呢,轉眼又有了新的擔憂——什麼時候他才知道斷句?又要訓練多久?

為了吃他什麼都做得出來,有一次他試圖給小狗裝一個彩筆眼球——肯定有人答應給他吃的。為了吃他什麼都能做，何況只是叫聲爸爸？但是蘋果一吃完，他又忘了。燕子去了，有再來的時候；楊柳枯了，有再青的時候；桃花謝了，有再開的時候；但是蘋果吃完了就是吃完了。兩個蘋果已經全部從我手裡到了他肚子裡，聰明的你告訴我，沒有蘋果他也能叫我一聲爸爸嗎？我不禁頭涔涔而淚潸潸了。

有段時間我們持續訓練他叫爸爸。

妻子指著我問兒子：「喜禾，他是誰？」

喜禾說：「蘋果。」

喜禾看到妻子手上的蘋果。蘋果魅力真他媽大。

妻子說：「想吃蘋果嗎？」妻子手又朝我一指，「告訴媽媽，他是誰？」

喜禾說：「他是誰。」

妻子說：「他是爸爸。」

喜禾說：「他是爸爸。」

妻子說：「對，他是爸爸，你真棒，吃吧。」

……

我以為他應該知道我是爸爸了。

我問：「我是誰？」

喜禾說：「我是誰。」

我說：「我是爸爸。」

喜禾說：「我是爸爸。」

妻子趕緊在旁邊提示，「爸——爸。」

喜禾反應很快，「呃！」

……

訓練很快陷入到一個尷尬的局面，如果我跟他說「我是爸爸」，他就跟你說「我是爸爸」；如果我跟他說「叫爸爸」，他就跟你重複「叫爸爸」；如果我只說「爸爸」，他就「呃」的一聲給答應了。哭笑不得。而且，就算叫爸爸，他叫的時候眼睛根本沒看你，也不明白「爸爸」的含義，你完全可以聽成「抹布、抹布」、「遙控器、遙控器」、「杯子、杯子」、「公共汽車、公共汽車」……

還有，就算在食物誘導下他認識爸爸了，也叫爸爸了，但轉眼又給忘了，下次又得重來，重新讓他認識我是誰。火車教過一次你就認識了，我比火車還難記住嗎？火車有特徵我就沒特徵嗎？為什麼別人就能記住，前幾天在大街上我就被一個人認了出來，「——別跑，我認出你來了，十八年前你在我家窗戶下撒過一次尿，你以為我忘了嗎？」

經常有人問我喜禾叫過爸爸嗎，你說我該怎麼回答呢？

「是的。他叫過爸爸但我不知道那算不算叫爸爸，雖然他叫的是爸爸但我覺得不像是叫爸爸，但叫的確實是爸爸但我不認為是叫爸爸……」

法庭上，被警察逼供的口供是不會被採納的，我的內心也有一個法庭——食物誘導下叫出來的「爸爸」，也不能算是叫了——被告喜禾，如果你認為你叫的就是爸爸，下次開庭請提供新證據。本次審判到此結束，全體起立。

帶他去逛超市，他一路向我們介紹認識的東西：衣服、鞋子、電視機、西瓜、安全出口、麵包、蛋糕……很多東西教他一遍他就認識、記住了，每次看到還主動跟我們解說，但我是他爸爸教了他上千遍，到現在還是不知道。

被告喜禾，你是真傻還是不情願？你又不是發不出「爸爸」的音，有一次你拉屎的時候我親耳聽見你說了一句「巴巴」——你把我當成你拉的屎叫也行啊。

有時還真想對他嚴刑逼供，灌辣椒水、坐老虎凳、三天三夜不許睡覺……一系列酷刑，只想要一個答案：

「我是誰？」

3／這是幸福

你不打算給喜禾生個弟弟或妹妹嗎？

經常有人這麼問我，有一次甚至還有人對我說，給喜禾生個姐姐吧，喜禾有個姐姐將來就有人照顧了……我雖然談不上聰明，但基本的生活常識還是有的——姐姐或哥哥絕不是生出來的，是找出來的。當然也不是絕對生不出來，根據愛因斯坦的相對論，只要比光速快，就能時光倒流回到過去，那時我不但能給喜禾生個姐姐，我還會知道二十年前我埋在大樹下的三本圖畫書是被誰偷走了。

遇到有人勸我再生一個，我知道他們的動機是善良的，一片熱忱，但我自己會忍不住這麼想——是因為我累積了這麼多自閉症經驗，足以再應付一個嗎？我媽也總勸我，再生一個吧，喜禾有個弟弟、妹妹，以後你們不在了也好有個照應。我心想，誰照應誰還不一定呢！

別人勸我再生一個，我都嘻嘻哈哈敷衍過去，但我對我媽就沒好脾氣了——我也不知道為什麼，跟別人說話我都能雲淡風輕，但是只要跟我媽說話，我只想放狠話。所以春節在家我媽又舊話重提，我惡狠狠地說，你能保證再生一個是沒問題的？萬一生的又是這樣的，你陪我去跳海嗎？

我媽覺得我不會這麼倒楣。得自閉症的機率非常低，一千個小孩中可能才有一個，沒誰會這麼倒楣！

——是嗎!?

一個朋友安慰我的話言猶在耳：

「兄弟，也不能總是別人家的孩子得自閉症。」

是的，作為地球上的一份子，我有義務分攤世界上的不幸。老天爺說：「都年底了還有這麼多不幸沒發送出去，今年的工作報告沒法寫啊，那個蔡春豬，你過來一下……」

據說，已經生一個自閉症的家長再生一個自閉症的機率是百分之二十，自閉症男女比例為五比一，就是說，如果我再生一個女孩機率就小多了，機率是……數學我沒學好，算不出來了，抱歉。總之，機率少之又少，但機率小也是機率。老天爺說：「蔡春豬怎麼又是你，你來得正好，有件事想跟你商量一下……」你說我沒事老在老天爺眼皮底下瞎轉什麼，有病啊！我該去牆上貼一條標語：防火防盜防老天爺。

每次從外面回家，都到樓梯了喜禾又往前跑，這時我總是在後面說：

「喜禾，別跑遠了，回家。」

「沒玩夠是吧，明天我們繼續玩。」

「回來，聽到沒有，再不回來爸爸生氣了。」

「爸爸真的生氣了！」

……

別說生氣，就算是我氣炸了也沒用。你知道的，我兒子根本聽不懂我說的話，或者根本聽不見我說的話。之所以我還總是這麼說，就是模擬普通父子的關係。就像人常說的，我得不到我還不能想想嗎？如果我有個正常的孩子，我就用不著模擬了。

我說：「女兒，明天再玩，現在我們先回家。」

她說：「爸爸再玩一會兒。」

我說：「一會兒就演卡通片了，快回家。」

她說：「我不看卡通片，爸爸，讓我再玩一會兒。」

我說：「好吧，十分鐘。」

……

好像很幸福的樣子。因為這種幸福的誘惑，所以有時又很衝動，我跟老婆說：

「要不，我們再生一個。」

老婆說：

「你跟別的女人去生吧。」

如果我真的跟別的女人生了一個孩子，喜禾就會有一個弟弟或妹妹，但就沒有了爸爸——我早被我老婆弄死了。

有一次一個家長鼓勵我：

「如果只有一個自閉症的孩子，你的人生百分之百就輸了；如果你之外還有一個普通的孩子，你就只輸了一半……」

理論上，我們的人生還沒有完全輸掉——如果我生一萬個普通孩子，失敗就被稀釋得微乎其微可以忽略不計了。

但我生不了一萬個孩子。

但我能吃一萬支的冰棒。

4／這是海底世界

我兒子喜歡「海底世界」。「海底世界」有鯊魚有海豚，有海獅有虎鯨……其實這些都不是重點，「海底世界」門口有一片小坡地，那才是他的至愛。第一次帶他去「海底世界」，整個過程，他幾乎就沒看過魚一眼，完全沒興趣。以我對兒子的瞭解，只有一種情況下他才會看——把牠們全風乾做成魚乾片。

那天是週末，很多家長都帶著自己的孩子來「海底世界」增長見識，有個小男孩比喜禾大不了多少，遊覽過程中不停地問他爸：「這是什麼魚？」、「世界上有多少種魚？」、「魚會叫嗎？」、「為什麼這條魚是透明的？」……爸爸很有耐心，一一解答：「全世界有三萬多種魚，中國有兩千多種」、「游得最快的魚是旗魚，每小時能達到一百二十公里」、「魚沒有聲帶，但也能發出聲音，因為牠們身體裡面有個鰾……」這個爸爸很博學，昨天晚上應該沒少做功課。

這種無所不知的父親形象曾經是我的夢想，有段時間我也做了不少功課。當我得知兒子是自閉症時，我有很多反應，其中一個反應就是：完了，我準備的那些知識白搭了。就像一個學生熬通宵複習功課，隔天得知不考了——沮喪到難以言語。

在「海底世界」，我兒子一個問題都沒問我，反而妻子問了很多：「還看嗎？」

「這就走還是再看一會兒？」

「我們真的還看嗎？」——妻子的問題太沒有技術質量了，我不屑於回答。我們悶聲往前走，妻子又問了：「你說他怎麼就對『海底世界』一點兒都不感興趣呢？」終於有個有點難度的問題了，我喜歡這種有挑戰性的問題，回答說：「因為他患的是自閉症。」

後來看到喜禾實在沒興趣，我就說算了，不看了。我對魚也沒什麼興趣——牠們又沒有美腿……還沒胸……腰還行。

一出「海底世界」，喜禾就興奮了——出口處有塊小坡地，那是他的至愛。他衝向那塊坡地，上去又下來，下來又上去……心醉神迷，樂此不疲。

「海底世界」的對外宣傳是這麼寫的：「……帶您漫步海底，親眼目睹兩萬多尾形色各異、近在咫尺的海洋生物。經驗豐富的潛水夫和巨大兇猛的鯊魚嬉戲，小巧玲瓏的海馬在繽紛的珊瑚叢中穿梭……」我認為他們介紹得不夠全面，還應該補上一句，「——除此之外，『海底世界』還有一條讓你心醉神迷樂此不疲的小坡道。」

我們也累了，索性由他在坡道上來來回回上上下下。「海底世界」的門票不便宜，我應該去找工作人員理論——那些魚我兒子一眼都沒看，為什麼不能退票？因為心疼門票費，一直在盤算如何才能把這筆損失補回來。來「海底世界」的遊客都是一些對陌生世界有強烈好奇心的人，所以我在想，要不要上去向那些遊客推薦——「海底世界」很神奇，有一個比「海底世界」更神奇的——

來自遙遠星球的孩子，你們想不想看？

我們去過這麼一次「海底世界」後，之後將近一年都沒再去。妻子多次想帶兒子去「海底世界」看看，我都沒同意。我說：「其實我們社區那塊坡地也不錯，不一定要去『海底世界』。」

事實上也是如此，如果非得說社區那塊坡地跟「海底世界」那塊坡地有什麼不同的話，我只能說——「海底世界」那塊坡地上的痰更多。

有一天，妻子獨自帶著喜禾又去了「海底世界」。中間還給我打了個電話，聽得出來她非常激動，「你知道嗎，喜禾對魚有興趣了，他看魚了，什麼魚都想看，還主動跟我說——魚；他還學著我拿麵包餵魚……」當時我在咖啡館寫東西，聽妻子這麼一說，激動不已，眼淚不爭氣地流下來了。

據說人臨死前，往事會像放電影一樣，成為片段地在腦海中浮現……妻子在電話裡描述兒子在「海底世界」的表現這一段將來是否會出現在我腦海中，難講——除非之後喜禾能給我們更多更大的驚喜——希望如此。迄今為止，這是我兒子帶給我最大的感動之一。

那天回來後，妻子就跟我講了喜禾在「海底世界」的表現，睡覺前，我們又重溫了一遍。前前後後妻子講了很多次，我每次都會聽到一些新的細節，比如前幾次妻子講時，就沒有跟我說喜禾餵魚時拿餅乾是哪兩根手指。我很生氣，我這麼有求知欲，她還對我留一手——我可是她老公！妻子講述時我不斷插嘴提問，問題都很腦殘，比方：「他怎麼看的魚？」

這還用問嗎？當然是睜眼看！喜禾固然神奇，但尚未神奇到閉眼也能看魚的境界。我這人看問題一向很客觀。

5／這是報紙

他一直要搶我手上的報紙，既然他對報紙這麼有興趣，我就問他：「喜禾，這是什麼？」

他沒有回答，拿過報紙就開始撕起來。什麼時候開始，喜禾喜歡撕報紙了？——是報紙內容變得難看後開始的嗎？應該不是的，在喜禾出生前，報紙就已經不好看了。剛拿來的報紙我還沒來得及看，放在桌上，再回來，已經被他撕成碎片。自閉症又名孤獨症，又名碎紙機——後一個說法是我創造的。

他拿過一張報紙，先撕成兩半，再撕成兩半，再撕成一條條，最後成了一堆紙屑。撕報紙的時候他是那麼專注，心無旁騖。經常聽到這樣的話——搞學問，要耐得住寂寞，要學會享受孤獨。撕報紙亦如是。有時撕報紙時他看上去還很憤怒，所以我想，肯定是報紙上又說了大話——《治療自閉症已經不再是難題》——所以惹他生氣了。有一陣子我訂的報紙總是收不到，我就抓狂了——我看不看無所謂，我兒子怎麼辦？

撕報紙也能算是一個小小的個人嗜好吧，將來他在報紙上登徵友啟事，就可以這麼寫——愛好：攝影、寫作、旅遊、音樂……撕報紙。你說會不會找到同道呢？

「哇，你也喜歡攝影！」

「哇，你也喜歡寫作！」

「哇，你也喜歡旅遊！」

「哇，你也喜歡音樂！」

「哇，你還喜歡撕報紙——我更愛你了。」

於是，兩個人就開了個房，啥都沒幹，撕了一晚上報紙。

撕報紙對於他是嗜好，對於我，更多的是解脫。

妻子說：「你兒子又去廚房找吃的了，今天吃得太多了，給他一個玩的讓他轉移一下興趣。」

我說：「喜禾，爸爸給你個好玩的。」

我馬上去找了一張報紙。

我又聽到妻子說：「你幹麻呢，沒看到他又去開水龍頭了，今天都換幾次衣服了，你管管啊。」

我馬上去找了一張報紙。

我說：「寶貝，拿去玩吧。」

電視裡 NBA 開打了，今天尼克的神奇小子林書豪又會上演什麼奇跡呢？我去找了一張報紙。

我說：「喜禾過來，看爸爸給你一個什麼好玩的？」

喜禾拿過報紙但還沒來得及撕，就被妻子搶過去了。

妻子說：「渾蛋，口口聲聲說你如何如何愛兒子，卻不肯多陪他一會兒，就知道讓他撕報紙，撕報紙是刻板行為，你這不是鼓勵他嗎？」妻子把電視關了。得了，電視看不成，我看報紙。妻子又把報紙搶走了。她還說：「你是不是找碴兒想跟我打架？」

我說：「你把報紙給我。」

妻子說：「你想看？你是真的想看？」

沒等我回答，她就把報紙撕了。先撕成兩半，再撕成一條條，最後成了一堆紙屑——撕報紙的動作跟喜禾一模一樣，我樂了，我終於知道兒子是遺傳自誰了。

家裡面現在有兩個撕報紙的人，不夠撕了，我應該多訂一份報紙。

6/ 這是你的星球

有一種說法，喜禾他們這樣的孩子都是星星的孩子，來自另外一個星球。但是到目前為止，喜禾還沒見過星星呢！——不是說北京污染嚴重所以連星星都看不到，雖然確實是污染嚴重。只是每天星星出來的時候，喜禾已經躺下了，他沒機會看到星星。但也不總是這樣，我有一次帶喜禾去一朋友家做完客，回家路上遇到大塞車，在路上天就黑了下來。遙遠的天邊，有星光一閃一閃，我手指前方問他：「喜禾，那是什麼？」那時他正昏昏欲睡——他一旦在車上睡著回家後就會醒，會折騰一晚，等到天快亮時他又要睡了，規律——為了不讓

他睡著，妻子一路上就在搖晃他，這時他勉強抬了下頭，說：「圓形。」

我們坐在車上，從喜禾的角度看天空，首先會看到貼在車窗右上角的車檢標識，確實是一個圓形。車檢標識他早就認識，每次坐車他都會指給我們看，「圓形。」然後我們就會說：「對，圓形，你真棒。」這時他就會有一種巨大的成就感。以他現在的能力，要獲得這種成就感的機會並不是很多，所以他很看重。我指著天邊繼續問：「看遠處，那是什麼？那是你的星球嗎？」

他沒反應。他只想睡覺。

我對妻子說：「別讓他睡著了，搖他。」妻子搖幾下，他睡得更快，一會兒就聽見他發出了呼嚕聲，輕微勻暢，十分悅耳。

自閉症的孩子沒感情，我又找出了一個鐵證，我問他那是他的星球嗎，他只想睡覺——誰會對自己的老家如此冷漠？但是那一閃一閃的星光卻讓我不斷聯想——那是什麼星？那個星球上有愛他的女生嗎？最重要的，那個星球上有沒有自閉症康復機構？——我擔心我兒子有一天回到自己的星球，卻因為沒有康復機構而給擔誤了。

星星的孩子！

我不知道這個說法從何而來，我第一次聽到這個說法，是喜禾被診斷為自閉症的第三日。半夜有人在網上對我說，喜禾其實是星星的孩子。聽到這個話我很難受，等妻子睡了後偷偷去翻她的手機，但是很遺憾，我在妻子的手機裡沒有找到叫「星星」的人，就連叫周星星王星星都沒有，只有一個趙曉星。趙曉星還是個女的，也沒辦法跟我老婆生孩子。如果找到了叫「星星」的人，我也懶得跟他拼命，我把兒子往他跟前一推，「這是你的兒子，以後你管。」然後我就拍屁股走人。

當然，後來知道「星星的孩子」只是個比喻，因為他們跟我們如此不同，無法歸類，索性就將他們開除了地球的球籍，粗暴野蠻地劃歸到了一個誰都不知道的星球上。我很想找到第一個叫出「星星的孩子」的那個人，我要問他兩個問題——「一、你貴姓？」「二、你憑什麼開除他的球籍？」是誰第一個說出「星星的孩子」已經無從考證，所以我的疑惑也沒人能解，尤其是第一個。

從今往後，再看星空，我有兩個掛念——嫦娥以及我兒子。我還有兩個憂慮：一、擔心嫦娥往外扔垃圾——那都會掉到我們地球上；二、擔心喜禾的外星同胞隨時把他接走。

知道喜禾是星星的孩子後，冬去春來，一年很快過去，喜禾還在地球上，還賴在我們身邊。這一年他吃吃喝喝，還帶他上特殊機構，我們沒少花錢。他的外星同胞來接他時，希望能把帳給我們報了。我們也不會多報，每一筆開銷都記了帳，能開發票的花費我們都開了，實在開不了的我也準備了幾張廢火車票報帳。我這麼做就是想給外星同胞留下一個好印象——地球人還是可信賴的朋友。

日盼夜盼，外星同胞遲遲未來，對此我也是百思不得其解。有一次在社區散步，我找到了原因——社區到處停滿了車，外星飛船找不到地方降落。看來明天我得去找管委會投訴了。又或者，外星飛船找到地方降落了，外星人在樓下喊：「喜禾！喜禾！」……喊破了嗓子都不見有回應。外星人甲對外星人乙說：「八格牙路，人去哪裡了呢？你的工作怎麼都沒做好？」外星人乙說：「不可能，昨天晚上在ＱＱ（中國常用的即時通訊軟體）上，他還跟我說得好好的，說會裝肚子疼在家哪都不去，就等我們來接。」外星人甲說：「那你跟我說，人在哪兒？在哪兒？連個影子都沒有！」外星人乙說：「我再叫他幾聲試試——喜禾、喜禾。」還是沒人回應，倒是把警察招來了。外星人甲說：「撤！」外星人乙說：「不等他了？」外星人甲說：「我們已經暴露行蹤了，山水有相逢，以後多的是機會——撤！」

一轉眼，外星飛船嘟嘟嘟地飛走了，起飛時還刮了旁邊一輛勞斯萊斯。

其實喜禾就在家，外星同胞在樓下叫他名字時，他正在看《湯瑪斯小火車》。外星人太不瞭解他這個同胞了，喜禾這個同志啊，誰叫他他都是跟沒聽見似的，一貫就這德行。

前陣子看新聞，說是美國的科學家發現了一顆地球之外適宜人類居住的星球，但去到那顆星球，需要二百萬光年。喜禾他的那顆星也會這麼遠嗎？那可是二百萬光年啊！那麼遠的路，他如果回一次家，想帶點地球的伴手禮得多費勁，而且，他可能沒到家就老死在路上了。

我可不想他這樣。

7／這是棒棒糖

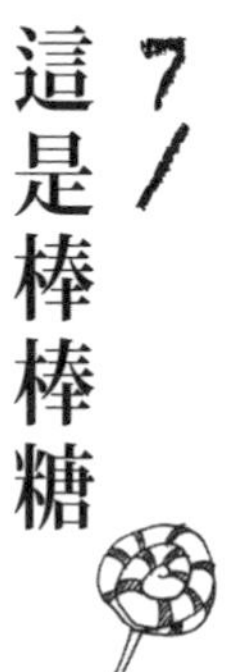

上小學的時候我就被告知，語言是勞動創造出來的。以前我相信，但現在我不這麼認為了——至少就我兒子而言，他的語言是棒棒糖創造出來的。

我兒子從不主動說話，有段時間我們擔心他不會說話。他在角落吃火車，我叫了他很多聲他都不理我——不是不理我，是他壓根兒就沒當我存在。這時我拿了一個棒棒糖。

我問：「喜禾，這是什麼？」

他沉迷於吃火車，沒看到，我把棒棒糖在他眼前停留了一下。

我又問：「喜禾，這是什麼？」

他脫口而出：「棒棒糖！」

……

——看，語言出來了。

朋友來我家做客，大家爭先恐後向喜禾示好，他全無反應。我拿出一個棒棒糖。

我說：「想吃嗎？」

他立刻伸手過來搶。

我說：「想吃就得叫叔叔。」

他說：「叔叔好。」

……

——看，語言出來了。

他站在路上不肯走了。

我說：「回家。」

他還是不肯走，我就牽著他，他邊走邊回頭看。

他說：「棒棒糖。」

誰把棒棒糖扔地上了。

……

——看，語言出來了。

看到我手上有一個棒棒糖，我還沒下任何指令呢，他就主動開始表演了：

——「1、2、3、3、4……」

他數數，從「1」一直數到「20」，看我還沒有給的意思，又接著往下數，因為著急，中間很多數字都跳過，直接跳到了「50」。但看到我還是沒有給的意思，他馬上開始另一個節目：

——「找呀找呀找朋友，找到一個好朋友，敬個禮握握手，你是我的好朋友……」

他唱完歌了，看我還是沒有給的意思，又開始下一個表演：

——「人之初，性本善，性相近，習相遠……」

他終於得到棒棒糖了。

現在，你也得承認，是棒棒糖創造出了語言吧。

8／這是游泳池

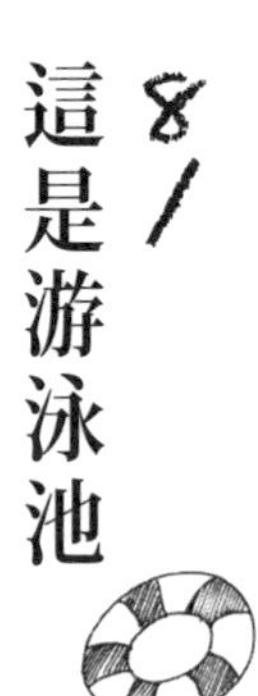

入夏後，我們帶喜禾去游泳的次數就更多了。

我們願意帶他去。他喜歡水，這是其一。其實還有一個不太好說出口的理由：在陸地上的嬉戲，無論是玩什麼，我兒子都會被同齡的小朋友比得無地自容。到了水中就不一樣，只要父母在一旁袖手旁觀，他們都是一樣地沉到水底。

不管這小孩有多聰明，又認識多少英語單詞都沒用。有什麼用？好，你說他會英語「Help!」「Help!」「Help!」……但問題是，不是每個救生員都聽得懂英語的。就算救生員聽得懂英語，你又能保證他的發音真的就那麼標準，尤其在那種時候？你能保證救生員不會把「Help!」聽成「Happy」？搞不好救生員還會禮貌地回一句：「OK! Be happy.」

到了水裡面，我兒子跟同齡孩子就能打個平手。這是我的結論。好像還不只打個平手，在某些方面我兒子還略占上風。別的小孩在兒童池撲騰幾下也算游過泳，我兒子一直活躍在兩公尺深的深水區。當然，那還是因為他爸爸我的膽大。有一次一個老阿伯對我說：「你怎麼敢帶你兒子到深水區來？」笑話，我有什麼不敢的，反正他都這樣了。

兒童池我去過。「寶貝，慢點別摔倒了。」、「寶貝，這個水不能喝。」、「寶貝，拉著媽媽的手。」……太多保護過度的家長，我不喜歡。我更喜歡勇敢者的遊戲。衝浪時間，我帶著兒子就衝到第一排。他帶著游泳圈，我在後面給他掌舵，第一個浪花過來，他還有點慌張，幾次浪花的洗禮後，他就像一個戰士。看到他在浪花面前表現出的英勇無畏氣概，我很想對他說：

「同志，你入黨了嗎？我願意做你的第一個入黨介紹人。」

兒子每次去游泳，一下了泳池，他就不願意再上岸，泡在水裡他才能繼續保持對別的小朋友的優勢。上岸無非也是吃吃喝喝，補充營養，他不需要。從入水那一刻起，他就沒停過喝泳池裡的水。我跟他說：「不要因為水不要錢就拼命喝，那幾個女孩一直在看你呢，爸爸跟你說，愛占小便宜的男生女孩不喜歡。」他才三歲怎麼就到了青春叛逆期，對我的話置之不理，而且喝得更起勁了。我又跟他說：「兒子，你再喝別人就沒水游泳了。」我經常跟我兒子這麼說話，雖然我知道他聽不懂，說話的效果等同於自言自語，但我喜歡這麼跟他說話，有時一天能說上百句。

一個媽媽一直在看喜禾喝水，遲疑一下子後，還是特地游到我面前。她說：「你這個爸爸怎麼回事，這水多髒，快別讓他喝了。」

我說：「好，我一會兒就去把他的嘴縫起來。」

那個媽媽白了我一眼，然後一個瀟灑的自由泳姿游走了。

妻子責怪我：「人家也是好心好意，你幹麻這麼跟人說話，什麼態度!?」

確實，我這個人有時很不好說話，話一出口，別說別人，就連我自己都想打我自己。但我又能說什麼呢？

跟人家說：「你不瞭解，情況是這樣的，我兒子他比較特殊，怎麼說呢……」解釋這麼多有用嗎？自此以後，我都避開那個媽媽。但去吃自助餐時還是碰到她了——早知道她身材這麼好，應該好好跟她交流一下留個ＱＱ什麼的。悔之晚矣。

除了睡，我兒子能在水裡玩一整天，吃喝拉撒可以全在水裡進行。有一次有個人聽我這麼說，很生氣，批評我說：「公共水池是大家的啦，小孩子不要亂拉呀，有點公德好不好，做大人的管管好不好。」

我回答說：「其實我們也很注意的啦好不好，就算他拉尿在水池，我都會想辦法清理出來啦好不好。」我這次態度端正，言辭懇切，想看是否有機會得到她的ＱＱ。結果她更生氣，「你怎麼清理啊，尿拉在水裡，你說你怎麼清理？」我估計她不但不想給我ＱＱ，而且還想打我，所以我就沒問了。

在水裡我兒子固然能維持跟同齡孩子之間的優勢，但最終還是要上岸，回到陸地上的。這就是兵家所謂的「兵無常勢，水無常形」。哪有什麼絕對的優勢啊，都是此消彼長，陰陽相貫，相對的。

但孫子也說了：「五行無常勝，四時無常位，日有短長，月有死生。」就是說，上岸後，雖然我兒子對同齡孩子保持的優勢都沒了，但是，人類的最終命運是走向水——沒聽說南極加快了融化速度嗎？

9／這是小狗

「小妹」是我養的一條小鬥牛犬，名字很娘，實際上是條小公狗，因為牠總喜歡側身而坐，就像一個河畔邊的思春少女，所以才有了這麼一個名字。

經常有人問我：「牠為什麼叫小妹？」、「牠不是公狗嗎？為什麼取這麼一個名字？」……為什麼牠就不能叫小妹？為什麼就不能取這麼一個名字，就是因為牠是一條公狗？你長得漂亮問問也就罷了，一次一個歐吉桑也來跟我搭訕，翻了個白眼我就走了。

小妹很聽話，在社區散步，叫牠名字牠就搖搖尾巴地跑回來了，但也有例外。有一次我叫「小妹」，結果跑上來一個小女孩，還問我：「叔叔，你是在叫我嗎？」──那小女孩的小名也叫「小妹」。

當初賣狗的人跟我說，如果訓練得好，小妹能達到八、九歲小孩的智商，我認為言過其實了，但說相當於五、六歲小孩的水準，以牠現在的表現，基本上還是可信的。

小妹到我們家的第一天，我把牠關在廁所關了一天──訓練上廁所，牠第一次屎尿在哪兒拉，以後都會拉在哪兒，後來的事實也證明了我的偉大光榮正確。

我搬過一次家，一到新家，還沒教呢，牠自己就知道廁所在哪兒。牠很少在家大小便，一旦要大小便了，首先想到的是來找我們，想盡方法把我們往門口帶。有時我們忙或者就是懶，不想下樓，牠才不得已拉在廁所，拉完後自己還很羞愧，回狗窩裡趴起來，看我們有沒有懲罰牠的意思。

是的，牠很會察言觀色，看到家裡誰的臉色不對，就會找個最隱蔽的角落躲起來，希望我們忘了牠，當牠在世界上就沒存在過，但是家裡一旦有點開心事，牠比誰都開心，老往人跟前湊，以此強調牠也是家裡的一分子，與有榮焉。

狗仗人勢還真是有道理，在外面玩，我若在一邊，牠就趾高氣揚連個頭比牠大的狗牠都敢欺侮，一旦發現主人不在身邊，就算對方是一條吉娃娃牠都搖頭擺尾地諂媚討好。有一次我跟別人有點口角，其實也沒什麼，就是雙方說話的口氣都衝了點，牠就不客氣了，對著人家狂吠，還咬人家褲腳，大有養兵千日用兵一時、士為知己者死的意思。但若跟我口角的是我妻子，牠就以中立國的姿態，遠遠觀望，一副關我屁事的逍遙態度。牠知道站哪邊都沒有好下場，站在我這邊，妻子事後會打斷牠的腿；站在我妻子那邊，我倒不一定會打斷牠的腿，但我會想辦法再給牠裝一條腿。

牠知道對人有親疏遠近之分，誰最親，誰次之，誰又可以愛搭不理；牠知道這個家庭主人的排序，先服從誰，然後服從誰，其次再服從誰，又可以不服從誰，誰的指令必須執行，誰的指令可以陽奉陰違，誰的指令甚至陽奉陰違都不用。

帶去外面散步，牠生怕走丟或者被我們遺棄，跑幾步就回頭看看我們在不在，一旦發現我們不在牠視線之內，就開始急了，半個小時之內，牠會在分手處徘徊，等我們回來找，半個小時後如果我們還沒來，牠就直接跑回樓梯口去等。

社區車來車往，雖然牠一出大門就飛奔，但我們從來不用擔心牠被車撞，有個鄰居就很羨慕，他說你家小妹真好，還知道躲汽車。是的，那是因為牠太惜命，知道好歹，前方汽車開了過來，都不用我們提醒，牠早早就躲在路邊，將來哪天牠死掉，我至少能肯定牠不會是死於車禍。

我下班回家，聽到我在樓梯的腳步聲，牠就開始興奮了，在屋裡又跳又叫的，門還只是打開一條縫，牠就鑽了出來，搖頭晃尾地往我身上撲，稍微給牠點反應牠就更不知天高地厚了。

看到我穿鞋知道是要帶牠出門，興奮地在一邊跳來跳去一秒都等不及的樣子，但看到我穿上鞋後還背上包，知道我這是去上班，立即沮喪下來，就像一條喪家犬。

叫一聲「小妹」，牠立即會吧嗒吧嗒地跑回來，有時跑得太遠，回來遲了，牠會像做錯事的孩子一樣，快到我身邊時就停住了，然後觀察我有沒有生氣，是真生氣還是假生氣。我若是生氣了訓斥牠幾句，牠立刻匍匐在地做罪人狀，一旦看我的表情從陰轉晴，立即撒嬌往我身上撲。

牠還知道吃醋，兒子出生後，我們對牠的關注、關心明顯少了很多，被我們冷落一旁，牠感受到自己失寵了，悶悶不樂。一度，牠曾試圖奪回在我們心目中的位置，兒子對呼喚沒反應，每次一叫兒子，先跑過來的就是牠，兒子對我們情感冷淡而牠時時刻刻在表演我才是你們最親的人……有時很想對牠說，你就死了這條心吧，你永遠取代不了我兒子，你永遠都不會跟我們在一個餐桌上吃飯的——因為你確實坐不了椅子。後來，我兒子被診斷為自閉症，一家人悶悶不樂，牠又覺得自己的機會來了，蠢蠢欲動。

……

小妹是那麼聰明，有時我想，同樣的訓練，小狗跟我兒子，誰會先叫我爸爸？

10／這是牙籤

喜禾有天才嗎？經常有人這麼問我。

自閉症的孩子中不乏天才，每個自閉症都是天才……但凡知道自閉症的人，同時也被灌輸了這麼一些概念，根深蒂固。而且還能列舉出來諸多自閉症天才人物，諸如愛因斯坦、陳景潤（中國知名數學家）、莫札特、愛迪生……這個時候再不承認喜禾是天才，都不好意思了。

我承認他們這個族群中不乏天才，但比例有多少呢？舉例說吧，正常人中有多少人能考上北大，他們這個族群中就有多少天才。只要是群體，不管是什麼群體，都是一個金字塔結構，頂尖的往往少之又少，就那麼幾個。

我兒子是不是天才？現在下定論為時過早——畢竟今天才週二，週末再向你彙報吧。

有人把一盒牙籤撒在了喜禾腳下——他們以為喜禾也是「雨人」。（註：「雨人」是一部關於自閉症的美國電影裡的一個人物，有非凡的心算天賦，一盒牙籤掉地上他看一眼就知道有多少根。）

他們問：「你知道有多少根牙籤嗎？」

喜禾說：「我知道。」

說完，喜禾蹲在地上去撿牙籤，一根一根地撿，一根一根地數。有幾根牙籤掉進了下水道，而下水道有隔欄，喜禾的手伸不進去，想撿到這幾根牙籤，必須把隔欄抬起來，但他力氣又不夠……最後，喜禾還是把下水道的幾根牙籤撿了出來，沒人知道他是怎麼做到的。

所有的牙籤都在這裡，喜禾數了數，二百五十六點五根——因為有一根很瘦，只能算半根。他非常高興，想去告訴他們答案時，發現大家早走光了。

但喜禾知道牙籤總共是二百五十六點五根，他還是很高興。

……

以上是我想像中的故事，並沒有發生。但我知道，將來類似的故事一定會發生。你不是有天才嗎？來，展示一下……

身為一個自閉症卻沒有天才，沒有人會相信。所以，喜禾很難過。想起來就難過。

有一天，他在電視上看到有個人把一柄長劍吞進肚子裡面去了，他想，這個天才我可以有啊。

晚上，喜禾在床上躺了三個小時還是睡不著覺。他太興奮了，想到自己很快能擁有的天才。

爸爸媽媽睡得可香了，喜禾偷偷爬了起來。

今天的月亮是圓形的，喜禾只喜歡圓形的月亮。他盯著月亮看了很久，很久，很久……他竟然把自己要做的事情給忘了。

整個白天喜禾都在為昨天晚上的行為悔恨、自責——怎麼能光顧看月亮，把重要的事情給忘了呢？同時，他盼著今天晚上早點到來。

今天的晚上比平時來得慢——喜禾計時了。嚴格地說，今天的晚上比平時晚了三秒鐘。

晚上，喜禾表現得很乖，自己鑽進了被窩，躺下就睡著了。爸爸媽媽剛睡著他就醒來了。

他又看到了月亮，還是圓形的，比昨天晚上更圓。他又站在那裡看了很久，很久……他差點又被月亮給擔誤了。喜禾罵了一句：「壞月亮。」

拖把就在廚房後面，喜禾白天都觀察好了。拖把比他人還高，他看著拖把說：「我只要把拖把杆吞進去一半，我就有天才了。」

很久很久以後，又有人問他：「你有天才嗎？」

別人這麼問，他非常傷心。他本來可以有天才的，那天晚上，他準備把拖把杆吞進肚子裡面，但是，他看到拖把的把手不是圓形，是橢圓形——世界上他最恨兩件事：橢圓形和把拖把杆做成橢圓形的人。他決定不吞拖把杆了。

……

以上還是我想像的故事。

當然，在內心我非常希望他就是天才，就像你非常希望將來你孩子能考上北大一樣。但有幾個能考上北大呢？

一次在餐廳吃飯，喜禾非得去玩桌上的牙籤不可，我把牙籤給他時，當時很想問：「你知道有多少根嗎？」後來還是換了一個問題，我問：「喜禾，這是什麼？」他說：「牙籤。」

他認識還能說出「牙籤」我就心滿意足了。

11／這是公雞

「這是什麼？」

廢棄的火車站，如今成了雞的樂園。一隻公雞帶領一群母雞在覓食，我指著公雞問是什麼，喜禾沒回答，而是選擇了落荒而逃。

很久以前喜禾就認識公雞了——從識圖卡片上，而且他表現出很喜歡的樣子，經常會從眾多卡片裡單獨把公雞那一張翻出來，興奮地說：「公雞、公雞。」有一陣子，每天入睡前，必須念叨很久的「公雞」，跟念經似的。能想像出他小腦子裡多熱鬧：公雞強行要騎母雞，好不容易騎上去發現對方其實也是一隻公雞；終於等到一隻真正的母雞，要去騎的時候另一隻公雞捷足先登，這隻公雞必須打敗那隻公雞才能騎上母雞……今天看到真的公雞，還以為他要興奮地撲上去，卻出乎我的意料跑了。

我把喜禾抱了回來，再次接近那群雞，他在我懷裡掙扎得厲害。算了，不勉強他了，我們往回走，沒走多遠，他卻「喔喔喔」鳴叫起來。

「喔喔喔」是他能模仿的為數不多的動物叫聲之一，他還學過羊叫、狼吼、虎哮，但只有學雞鳴聲最像。——不是說他學得有多好，只是因為別的幾項模仿得太差。問他：「牛怎麼叫？」他：「哞——」問他：「老虎怎麼叫？」他：「哞——」問他：「羊怎麼叫？」他還是：「哞——」

……

二〇一〇年到了，極端天氣多了，動物們也集體發神經了。

喜禾太喜歡學雞叫了，很多次在夢裡都叫了出來。有一個晚上他又「喔喔喔」地叫了數次，那一夜害得我做的所有夢全都跟公雞有關。我夢到自己在吃雞湯鍋吃著吃著，鍋裡的雞肉突然活了，變成一隻公雞，公雞憤怒地啄我的鼻子、眼睛、嘴巴……很快我五官就沒了；還有一個夢是，我上了央視的春晚，表演小品時臺詞忘了，慌亂之中我開始學公雞叫了……

因為喜禾喜歡學雞叫，我跟他交流的方式都改了。我回家都不叫「兒子」，也不叫「喜禾」，而是悄悄地繞到他後面，然後在他耳朵跟前說「喔喔喔！」他驚喜得連蹦帶跳，站定後，對著我也開始「喔喔喔！」去機構接他，他還在上課，我在窗戶外伸長脖子做雞鳴的樣子，他在教室裡立即「喔喔喔！」地叫了起來；我開車回家，妻子帶著兒子在路口等著我，還沒下車等著司機找錢，我突然「喔喔喔」地叫了一句，司機嚇得又踩了一腳油門往前開了很長一段。司機說：「你有病啊。」

很長一段時間，我跟兒子之間的交流都沒有使用過人類語言，人類語言太普通了，是個人就會，多沒意思，還是我們有趣：

「喔喔喔！」

「喔喔喔！」

「喔喔喔！」

「喔喔喔！」

「喔喔喔！」

……

他一句，我一句；我一句，他再接一句。他大聲，我聲音更大。這種交流並不是沒有意義，只是大多數人不懂而已。動物專家說，公雞鳴叫其實是一種「主權宣告」：

「爸爸，這隻母雞是我的。」

「兒子，爸爸不會搶你的母雞。」

「爸爸，這隻母雞也是我的。」

「兒子，爸爸怎麼會跟你搶母雞。」

「爸爸，所有的母雞都是我的。」

「兒子，你這就過分了。」

有一次我妻子說，我怎麼就覺得你們就像是兩個地下黨員在接頭？

是的，我們就是地下黨員，我掌握了一個重要情報，這個情報牽涉到全人類的幸福、地球的安危，我必須儘快把消息交給我兒子，我兒子再向中央彙報。

很不幸，我們接頭時被捕了。

……

「長官，那個爸爸招了，他一聽說要用刑，什麼都說了，不該說的也說了，還真沒見過這麼沒用的男人。」

「他兒子呢，也招了嗎？」

「長官，這……」

「嗯，怎麼了？」

「暫時還沒有，跟他爸不一樣。他可是塊硬骨頭，什麼刑都用了，到現在我們連個名字都沒問出來。」

喜禾喜歡學公雞叫，家裡人都知道了。她外婆每次打電話過來就會說，讓喜禾來接電話。電話剛放到喜禾耳朵前，就傳出一聲「喔喔喔」，第一次喜禾聽到，既害怕又興奮，跑得遠遠的，但眼睛卻一直盯著電話，他等著公雞從電話裡飛出來。喜禾的奶奶也是，這次春節回家，這還是我媽第一次看到喜禾，所以很激動，老早就在路口等我們，一看到我們，老遠就聽見她在喊：「喜禾、喜禾。」

對不起，親愛的媽媽，你這麼喊喜禾是不會聽見的，聽見了他也會當做沒聽見。

我媽自己很快也意識到了這個問題，接著就開始叫了：

「喔喔喔……」

這裡我要特別說明一下：我媽第一句「喔喔喔」是沒發出聲音來的，估計也只有她自己能聽見，當時她羞羞答答地覺得不好意思吧，但愛孫心切，使她很快便克服了心理障礙，大聲地叫了出來，之後漸入佳境，旁若無人，最後我發現她還有點孤芳自賞的意思。這件事說明一個道理——只要不要臉，沒有做不出的事。

不只有我媽，人人如此。

我媽都七十歲的老人了，身體一向不太好，但是學起雞叫聲，感心動耳迴腸盪氣，餘音繞梁三日不絕，尤其是她運用胸腔共鳴，打出連續九個不間斷的高音「喔」，真的是太漂亮了，那是禽類聲音的極限，是所有公雞們畢生夢寐以求的「喔」。輸給一個七十歲的老人，公雞們，情何以堪啊？

我媽養了幾十年雞，吃了很多雞蛋，沒想到如今又有了意外收穫——比別人懂得學雞叫，她那個得意，還不時的技術指導一下。

「你動作不對，脖子要往後一挺。」

「不是這樣的，最後一個『喔』要拖得長一些。」我媽確實也有資格指導，一次她「喔喔喔」打完鳴，居然騙倒了院子裡的那隻公雞，牠也「喔喔喔」地叫了起來，頗有一決高下的意思。我媽氣得拿起掃把就打，一陣雞飛狗跳。

春節那幾天，家裡一片雞鳴聲，那一刻彷彿又回到了語言出現之前的人類早期。

白天，一家人圍著喜禾打鳴，晚上一家人坐爐火前聽我父親講雞鳴的典故：「雞鳴，又名荒雞，是十二時辰的第二個時辰，按地支來說是丑時，相當於淩晨一點到三點……『雞鳴狗盜』的成語你們都知道，但未必知道這個成語怎麼來的。

戰國時有四大公子，其中一個就是齊國的孟嘗君，號稱門客三千……《詩經》裡面有一首歌頌愛情的詩，原詩是這樣的，『風雨淒淒，雞鳴喈喈，既見君子，云胡不夷……』」

12／這是遙控器

蔡思捷是我哥的兒子，五歲。在我看來，他就是一個天才。

帶他出門，他遠遠落在後面，我頭都沒回，只是說了一聲：「跟上。」話音剛落，他已經衝到了我前面。我又一聲：「慢點。」他就立即慢了下來……真神奇！帶他在身邊，我有一種玩遙控飛機的快感，我熟練地操作著「遙控器」，「跑」、「停」、「看我」、「叫我」、「給我」、「笑一個」、「親一下」、「自己拿」、「洗手了嗎」、「自己穿鞋」、「說謝謝了嗎」……我下的每一個指令在他那兒都能得到反應，每一個指令都能得到執行，每一次執行都非常精準。太神奇了。而且，他還會說話。

天知道我有多麼喜歡這個「遙控器」，但有點不敢用，怕用壞了。說來，那都是因為我以前的「遙控器」太不好用，「過來」、「看我」、「叫爸爸」、「想吃嗎」、「伸手」……無論我下達什麼指令，都得不到反應，別說執行，更別說精準地執行。偶爾有那麼一次，以為「遙控器」好用了，接著下達一個新指令，便又沒有反應了。

手握著遙控器，卻指揮操控不了任何一個行為，沮喪難以言表。所以，當我有機會用到一個好的「遙控器」時，我很想用但又不敢多用，偶爾忍不住使用了一次後又提心吊膽生怕用壞了。而且，還按捺不住地想去人前炫耀。終於有一次，蔡思捷被我帶去了喜禾所在的特殊機構。

沒去機構之前，在我的腦子裡，我已經把帶他去機構的場面、將會引發的效果預演了多次——主要是家長的反應——他們會驚訝得合不攏嘴那是一定的，我就是想驗證一下他們的嘴到底能張開多大，極限的情況下又能張開多大，尤其是樂樂媽的櫻桃小嘴……還有遠遠姥爺的假牙，三顆還是四顆我一直沒弄清楚，這次我有充裕的時間徹底搞明白了。

進機構大門之前，我花了點時間平息我的情緒。我不能表現得太得意，我得隱忍，裝作若無其事的樣子，絲毫不能讓他們看出我的伎倆——這都是為了達到最佳效果。

深吸一口氣，我踏出了去機構的第一步。機構裡的孩子們剛下課，家長都到了院子裡，三三兩兩地在一塊交談著。——看出我的老謀深算了吧，這個時間點也是我特意選的。來早了，家長有時間，但孩子們在上課，愛因斯坦的相對論你們都聽說過吧，「遙控器」再好用，若沒有比較，也看不出有多好用來。來晚了，家長著急回家沒心思看你的表演了。我神不知鬼不覺地溜進了院子——我要儘量不引人注意，不是讓別人看我怎麼操控「遙控器」——他們也每天都操控「遙控器」，沒什麼稀奇的，我想讓他們看的是效果——跟你們不一樣，我的「遙控器」好用。

蔡思捷進了院子，沒人注意到他——因為我還沒操作嘛。陌生的環境刺激了他的好奇心，他東張西望——結果就有個家長已經注意到他了，但我還不能操作「遙控器」，眼下還早了點。遠處有個皮球，蔡思捷想拿到皮球，就必須從那幾個聊天的家長眼前經過，那時我一按「遙控器」……你想像不到那會有多美妙。我像獵豹一樣耐心地等待著最佳時機。

蔡思捷還在往前走，繼續走，保持，五秒後我就按「遙控器」。我開始倒數，「五、四、三……」完蛋了，他向左轉了——那邊有個鞦韆，我差點就按了「遙控器」。我對自己說——沒事，老蔡，穩住，你有豹子一樣的耐力和……皮毛？我耐心地等著下一個機會。

鞦韆處已經有個小孩在玩了，那是滔滔——是機會嗎？是按「遙控器」的最佳時機嗎？我必須對形勢做最充分的分析考量：那裡只有滔滔和他爸爸，人太少——扣一分，滔滔不會說話——扣一分，但是他爸爸太能說話——加一分，嗓門大不說——加一分，肢體動作誇張——加一分，說話特別追求戲劇性——加三分……最後總得分：四分。可以幹。

蔡思捷走到滔滔身邊，也想盪鞦韆。這真是天賜良機，我按下了「遙控器」，「思捷，哥哥在玩呢，回來。」蔡思捷回頭看了我一眼，人還是沒動。雖然沒有百分之百地達到效果，但是，這已經足夠了，我只要操作好下一步。

滔滔爸發現了思捷，我趕緊又按了下「遙控器」，「哥哥先玩的，懂嗎？哥哥不玩了你再玩，過來。」——有效果了，思捷雖然不情願，但還是朝我走了過來。我看到滔滔爸已經張大嘴了，趁熱打鐵，我當機立斷連按了兩下「遙控器」，「快點」、「跑」，思捷朝我跑了過來。

事實證明，我對滔滔爸的分析、判斷非常準確、毒辣。滔滔爸當時就驚訝得說不出話來——慘！智者千慮必有一失，什麼我都想到了，就是沒想到他會說不出話。不過，他很快就說話了：「誰啊？這是誰啊？誰家的孩子？……這是我見過的孩子裡面程度最好的！」

全院子的家長都聽到了，瞬間所有的目光都集中到了蔡思捷身上。這個時候該我出場了，我說：「這是我哥的孩子」。我要當著他們的面按下「遙控器」，讓他們自慚形穢。

「思捷，怎麼回事，一點禮貌都沒有？快。」

「叔叔好！阿姨好！」思捷一一向大家問好。

……

最後，你懂的。

另：

最終確認兩件事。一、遠遠姥爺的假牙門牙處一顆，槽牙處兩顆，共計三顆；二、樂樂媽媽的櫻桃小嘴一旦張開跟普通的嘴是一樣大的，含雞蛋的話，可以含兩個。

13／這是天才

一天，我把我哥的兒子蔡思捷帶去了喜禾平時訓練的機構。一進機構大門，敏感的家長立即發現了他的不尋常之處，一個家長過來問我：「這孩子是你——？」我說：「我哥的孩子。」接著他問：「他是不是——？」我知道他想問什麼——是不是也是自閉症？我沒直接回答，我說：「你說呢？」他就不好意思了，一會兒又跟我說，看得出來還很激動，「知道嗎？他剛才看我了。」

他所謂的「看」，不是長時間的互相打量，就是兩人目光碰巧撞上了，沒有怨恨沒有欣喜沒有偏見也沒有同情，看不出來多友好但也絕無敵意最多算是好奇，很普通的一次對視，時間不會超過三秒。但是，這已經難能可貴了。院子裡的孩子大大小小十幾個，蔡思捷是唯一一個主動跟人有目光交流的。

那個家長又在跟另外幾個家長說著什麼，雖然聽不清他們說的話，但主題一定是蔡思捷。

在這群孩子中，蔡思捷顯得是那麼的卓爾不群，他不經意的一個行為，都散發著耀眼的光芒，比方：他把糖紙扔進了垃圾桶。

掌握這個動作其實不難，如果訓練得當。我兒子訓練了三個月後，也能把香蕉皮扔進垃圾桶。

「喜禾，吃完香蕉，香蕉皮怎麼處理？」

「對，香蕉皮要扔進垃圾桶……垃圾桶在哪裡啊？」

「對，垃圾桶在廚房，走，爸爸帶你去廚房。」

「這是什麼？對，這就是垃圾桶……接下來幹什麼呢？」

「撿起來，香蕉皮能隨便扔嗎……看，這才是垃圾桶，好的，我們把蓋子打開。」

「蓋子打開了，接下來我們該怎麼做？」

「誰讓你撿垃圾桶裡的東西吃了，快給我扔了！……好，蓋子打開了，接著，我們把香蕉皮扔進去。」

「鬆手啊，還拿著香蕉皮幹什麼……鬆手，對，很好，把香蕉皮扔進去。」

「沒關係，撿起來，這次我們對準了再扔。」

「扔進去了，喜禾，你真棒！把手給我——」

「手舉著，不舉起來怎麼擊掌……舉好了……」

「怎麼又放下了，舉著啊，別動……擊掌——歐耶！」

……

這就是把香蕉皮扔進垃圾桶的分解動作。院子裡這群孩子，大多數都有過類似的訓練，熟練掌握者幾何？

蔡思捷遛鞦韆時，又一個家長走到他身旁。

「你叫什麼名字？小朋友。」家長問。

「叔叔，你推我一下。」蔡思捷說。

如果蔡思捷回答他叫什麼，就足夠令這個家長心滿意足，沒想到還有意外驚喜。家長激動得有點慌亂，猛推了一把。

「我會掉下來的，你慢點。」蔡思捷害怕了。

沒想到他還會這麼說，蔡思捷再次給了這個家長一個大驚喜。

雖然，蔡思捷最後還是沒有回答他叫什麼，但是他所給的，已經遠遠超出了這個家長的期待。很快，更多家長聞風而至。

「你叫什麼名字？」

「蔡思捷。」

「你幾歲了？」

「我今年五歲。」

「你家是哪裡的啊？」

……

蔡思捷輪番回答著家長，像極了國台辦的人答記者提問。如果說有不同，那就是家長的問題遠沒有記者的刁難，問來問去無非三個：一、你叫什麼名字？二、你幾歲了？三、你是哪裡人？……倒不是說家長沒有開發新問題的智慧，他們只是沒有提出新問題的欲望——這三個問題夠讓他們心滿意足了。

剛開始，無論誰問，蔡思捷都老實回答，後來發現問來問去都是這麼幾個問題，愚蠢到家，他就有點不高興了。有一個家長過來問：

「你幾歲了？」

蔡思捷瞪著家長看了很久——他已經厭煩了這個問題，但還是回答了：

「拜託，我五歲啦！」

——看，他還會通過提高聲調、延時來表示不滿、厭煩、憤慨，家長滿意而去。剛打發走這個家長，又來了一個——這個家長其實已經問過一次了。家長問：

「小朋友，你幾歲了？」

這次徹底把他惹惱了，他憤怒地說：

「剛才告訴過你了，我不說了。」

這個回答有兩個神奇之處，一、他知道生氣；二、他知道分階段地分別用提高聲調和反問來表示生氣……這不是投家長所好，刺激他們來問嗎？

面對洶湧如浪潮般的家長，蔡思捷乾脆選擇了無視和沉默——也許，現在他知道為什麼這些家長會生出那樣的孩子了，因為他們自己也不怎麼樣，就一個「你幾歲？」的小問題都要問好幾遍。但家長心滿意足，而且，他們在蔡思捷身上發現一個有趣的現象。

——原來他是會不耐煩的；

——原來他不耐煩時會透過提高聲調來表達；

——原來他發現提高聲調不起作用時他會直接表示抗議；

——原來他發現直接表示抗議無效後，他會選擇無視和沉默。

……

而我們的孩子直接就到了無視和沉默這一階段，沒有一點過渡和鋪陳，這就是他們和正常孩子的區別。

有些過程是不能省略的。我媽以前總教我，飯要一口一口吃，路要一步一步走，不能走都沒學會就開始跑了。哪天我該把這些話跟我兒子好好說說了。

14／這是節目單

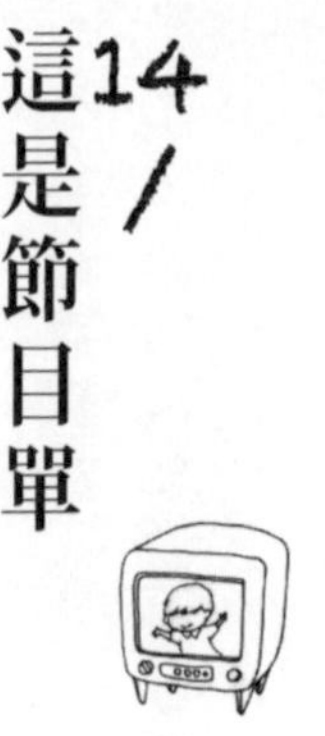

電視上在演家庭真人秀，年輕的爸爸媽媽帶著他們的孩子，一家三口，或唱歌或跳舞。有些家長確實很有才藝，唱歌、跳舞都有模有樣，值得上電視秀秀，但我對他們沒興趣。我更喜歡另外一些家長，他們跟我一樣，有一副天賦的破嗓子，唱起歌來好比在敲銅鑼。他們跳舞的時候……多讓人尷尬。有個小孩跳著跳著眼裡有淚水了——他的爸爸媽媽太不爭氣了，拖累了他，第一名肯定是拿不到了。妻子突然問我：「如果我們上去，表演什麼呢？」

表演什麼呢？跟他們一樣也唱歌跳舞？我想那還是算了，不演就不演，要演就要有點新意，獨一無二。《西遊記》裡，銀角大王有個葫蘆瓶，叫對方的名字，只要對方一答應，就會被吸進葫蘆瓶裡，銀角大王舉著葫蘆瓶問孫悟空：「孫悟空，我叫你名字你敢答應嗎？」銀角大王叫了一聲「孫悟空」，孫悟空一答應，立即被吸到葫蘆瓶裡面去了。我們可以把這個故事搬上舞臺。

我舉著葫蘆瓶，叫我兒子的名字，他只要一答應，就會被我吸進葫蘆瓶裡。

我：「喜禾！蔡喜禾！……」

他好像沒聽到。我大聲一點。

我：「蔡喜禾！蔡喜禾！」

他還是不理我。我繼續叫。

我：「蔡喜禾！蔡喜禾！」

……

一個小時過去，我還在叫他的名字。

兩個小時過去，我還在叫他的名字。

最後，電視臺的人急了。

人家說：「你到底能不能把他吸進去？」

我說：「他答應了就能吸進去。」

人家說：「那你把他吸進去啊。」

我說：「他不是還沒答應嘛！」

人家說：「那你讓他答應啊。」

我急了，「醫生都沒辦法讓他答應，我能有什麼辦法？」

……

我們被轟下臺了。

其實，我們的節目成功了。他們有所不知，我們的節目本來就叫——《失敗的銀角大王》。

我們還可以表演一個哲理劇——《人類的早期》。

所需道具很簡單，準備一整箱的水果、零食——但務必是真能吃的——我不想毒死我兒子。我兒子在舞臺上吃東西，吃完香蕉吃蘋果，吃完蘋果吃西瓜，吃完西瓜吃草莓，一直吃，不停地吃，直到把電視臺的人吃急了。

電視臺的人說：「你們這是什麼破節目，怎麼只知道吃？還有沒有點新花樣？」

我說：「有。」

剛才喜禾是坐著吃，這次他躺著吃，倒立著吃，趴著吃，變著花樣吃。電視臺的人又急了——你說電視臺的人怎麼這麼容易急？

他說：「回家吃去吧你們啦……先別走，這些水果錢你們自己付，也不占你們便宜——把你們吃的付了，吃多少付多少。」

付過錢，我們叫計程車的錢都沒有了——他也太能吃了。

其實是我沒跟電視臺的人解釋清楚，我們表演的是哲理劇——《人類的早期》。人類的早期，剛剛學會直立行走，還沒有發展出語言，自然也不會叫爸爸媽媽，當然只知道吃……

我們其實還有一個小品可演，就是《報社主編的一天》。蔡喜禾演主編，我演記者。報社主編今天很生氣，記者們交來的稿子都是狗屎。記者交來稿子，主編一看，什麼狗屎玩意兒，撕了。又一個記者交來稿子，主編一看，還是狗屎，撕了……不停地有記者過來交稿子，主編不停地撕。但我們不打算去演了，我知道電視臺的人會怎麼說。

人家會說：「別演了，你們還是回家撕去吧！」

我們走的時候電視臺的人一定還會把我們叫回去。

人家說：「麻煩把撕碎的紙帶走，好嗎？」

我們還有更多的節目呢，但電視臺恐怕不會再給我們機會了。

15／這是哀愁

小妹在我家生活了十年，談不上錦衣玉食，但也沒挨餓受寒，過著平凡而幸福的生活。牠本來可以一直這麼過下去的，直到那個下午……

關於那個下午，多年以後小妹還清楚地記得，預報中的暴雨遲遲未至，天氣異常悶熱。主人帶牠出去拉屎撒尿時又遇到了那條小母狗，上次光顧往這條小母狗身上騎了，該說的情話卻一句沒說，本來牠以為今天能補償的，沒想到被主人一腳踹散了。主人碰到一個鄰家婦女，兩人說說笑笑半小時牠卻不能上去踹一腳——世界就是這麼不公平！想到這裡，牠心裡有些淡淡的哀愁。這不是重點。

主人在一個轉角吐痰時差點吐到一個人腳上，這還不是重點。其實，這個下午跟別的下午沒有什麼不同。主人瞅著牠拉完了屎就帶牠回了家。

到家後，牠首先去飯盆看了看，既沒有火腿腸也沒有棒骨，還是那幾粒狗糧——牠怏怏不樂，喝了幾口水，趴下，又覺得應該去廚房的垃圾桶翻翻。垃圾桶裡什麼都沒有，只有幾片白菜葉。一堆垃圾！——牠心裡想。

客廳茶几下有一塊地毯，牠最喜歡躺那上面了。牠曾經這麼想——將來牠退休了，去郊區整一塊地蓋一個房子，每間房子都鋪一面大地毯，叫上小母狗牠倆在地毯上翻雲覆雨。那麼大的房子要不要叫上主人呢？牠內心鬥爭了很久，還很慘烈。本來昨天牠已經決定叫上主人的，但想起下午主人驅散牠跟小母狗邂逅的無恥行徑，牠發誓——絕不！

牠在茶几下藏了一根棒骨，啃著棒骨，想著卻不能跟小母狗同分享——哪怕只是一根棒骨，牠再次有了淡淡的哀愁。

當你老了，頭白了，睡意昏沉，
在主人腳下打盹，請拿去這根棒骨，
慢慢啃，回想你過去牙齒的堅硬，
回想牠們昔日厚重的肥肉；
多少人愛你燉成湯的美味，
愛慕你的皮毛，假意或真心，
只有我愛你那朝聖者的靈魂，
愛你衰老了的臉上痛苦的皺紋。

牠在心裡念著這首詩，很快就睡著了。

突然，牠的眼睛一陣刺疼。一睜眼，牠就發現了兩根手指，順著手指看上去，是打濕了的衣袖，再看上去，是小主人喜禾的臉——小主人正在摳牠眼珠子。牠慌忙爬起來。

跟小主人相處兩年多了，這兩年，小主人偷吃牠的食物，牠忍了；小主人往牠喝水的碗裡放電池，牠也忍了；……這次他居然摳牠眼珠子，牠決定——

再次忍了。

——退一步海闊天空！那是牠的狗生信條。

牠在主人書房又找了個地方躺下了，眼皮時不時抬一下——嗯，書房裡的書還真多，天天打遊戲你翻過書嗎？還《諸子集成》、《資治通鑒》，你看得懂嗎？牠認為牠最瞭解主人，比女主人還瞭解主人，比主人他自己還瞭解主人——世界上最懂你的人是我是我還是我，牠早就該告訴主人了——要是牠會說話的話。牠其實可看不上主人了。拿人爪軟吃人嘴短，牠懶得去說罷了。終於，牠又睡著了。

沒多久，牠又在一陣刺痛中驚醒過來，一睜眼——原來是做了個夢。驚弓之狗，牠自己笑話了下自己。

又睡著了。

再次感到刺痛——這回不是做夢，小主人正揪著牠的小雞雞大笑。這次牠急了，示威地叫了幾聲，嚇退了小主人，但也招來了主人。主人對著牠就是一頓吼——

「你要是敢咬，我打斷你的腿。」

自己被欺侮了，別說咬，連叫都不能叫，牠內心再次有了淡淡的哀愁。

從這個下午開始，牠過著狼狽不堪的生活了。無論何時何地，只要牠一趴下，立即有一雙小肥手伸向牠眼窩，或者小雞雞，防不勝防。後來，牠連趴的機會都沒有，永遠在奔跑，永遠在躲避，小主人就連小憩一會兒的機會都不給牠。這半個月牠跑的路程，如果是環遊世界的話，牠估計已經從北京走到了東京——日本料理最難吃了，牠決定換個線路——如果環遊世界的話，牠估計已經從北京走到了新德里。只有當小主人睡下時，牠才能得到片刻的休息。但牠運氣實在欠佳——小主人最近的睡眠不太好。

這半個月，牠從三十六斤迅速掉到了十七斤，掉了一半還多。要啃多少棒骨才能補回來啊？想到這兒，牠隱隱有股說不出的哀愁。牠接著想，按照這個節奏掉肉，再過半個月，牠就會是負一斤。主人的朋友上家來，問：「這是小妹？」主人說：「是小妹。」朋友說：「我都認不出了，怎麼瘦成這樣了啊？病了？」

……

不是，是哀愁了，牠聽到主人跟朋友的話，禁不住悲從中來。滾滾長江東逝水，真不及一滴淚。

每天，牠都想——這，會不會，是我，生命中，的，最後一日？

答案是：不會！那天牠聽見男主人對女主人說：「喜禾最近對小狗不感興趣了。」女主人說：「他的愛好都是分階段的。」

聽到主人的對話，牠才想起來，是啊，小主人什麼時候沒再摳過牠眼珠的，牠居然不知道？——看，牠已麻木如斯。

小主人的喜好都是階段性的，一段時間瘋狂癡迷一件東西，過了這個時期，看都不會再看你一眼。

牠現在又能安心地躺在茶几下的地毯上了，而且還能饒有興致地冷眼旁觀小主人的新愛好——拔樹葉。別看那棵發財樹枝繁葉茂，其實撐不了幾天，牠心裡最清楚。

不到半個月，牠再次回到了從前的體重——三十七斤，比最胖的時候還多了一斤——不能再胖下去了，牠決定今天下午就去健身房撒泡尿。牠再次看了一眼那棵發財樹，曾經枝繁葉茂過，現在只剩下——

最
後
一
葉。

牠現在又感受到了一股久違的哀愁，這哀愁很莫名，不知來自何方。到底來自哪裡呢？上午女主人把半個月前的那根棒骨扔了，其實還能啃幾天的。牠終於知道，為什麼牠會如此哀愁了。

16／這是樹葉

沒等到入秋，家裡植物的葉子都光了。

我兒子有很多階段性的喜好，有段時間是追小狗，現在是拔樹葉，拔下一片樹葉就慶功似的滿屋跑。問他：「這是什麼？」他說：「樹葉。」然後繼續慶功去了。所以，哪株植物遇到他算是倒楣了，最先倒楣的是金桔。

金桔是三個月前在社區樓下我花二十元錢買的，淘米水的滋養，使它很快枝繁葉茂，但不知道哪一天，我兒子突然迷上了拔樹葉，一個星期後，金桔只剩下一片樹葉。沒有風的時候，那最後的一片葉也在刷刷作響，訴說著它曾經有過的榮光。我過去把它拔下來了。

然後，就輪到那盆桂花了。

我也曾恐嚇他過，「喜禾，再拔爸爸就打你屁股了！」沒用。這對他完全沒用，聽不懂或者根本不聽他人的話就是他的個性之一。換言之，如果一句威脅管用，就能讓他住手，那我就用不著花錢送他去機構。每個月去機構，同時還去幾家……都是錢啦。有人感歎說：「哎呀，錢太多了不知道怎麼花……」

——是嗎？

起先我們還制止，他拔的時候把他抱走，後來累了，索性就讓他拔。

遲早會掉的。

早晚是個掉。

掉是樹葉的宿命，服從命運是美德。

掉在季節手裡，不如掉在我兒子手裡——為什麼不如？不知道——因為我兒子很可愛吧。

我兒子的行為，也算是替天行道吧。

後來不但不干涉，甚至有點鼓勵的意思。他扯葉子時就不會去畫電視機螢幕了，不會沒完沒了地往廚房找吃的……兩害相權取其輕。況且，我們也有了時間，妻子能逛淘寶網了，我就能網上下棋跟人吵架了。但問題是：樹葉不夠拔，幾下就沒了。

妻子逛淘寶網的時候，我跟她說：「看有沒有賣塑膠樹的。」我的如意算盤是：塑膠樹的葉子沒那麼容易拔——對了，你說塑膠沒有發明之前，遇到這種情況怎麼辦？

一次去朋友家，朋友家有一株萬年青。我們去時鬱鬱蔥蔥，枝繁葉茂，確實可以青一萬年的樣子，我還讚歎了一番。我們要回家時，朋友說：「等一下，順便幫我把這個提出去扔了。」我抱著沒有葉子的萬年青，妻子提著裝滿葉子的垃圾袋，載譽而歸。

我是有幾個好朋友的，他們對我兒子就像對自己的兒子一樣，能寬容他的一切。

現在家裡唯一還有葉子的植物是發財樹。樹比他高，我兒子莫可奈何。

現在我能夠理解，為什麼大多數的灌木都要渾身長滿刺——不是說動物界也有自閉的動物喜歡扯，因為這不可能——不是動物沒可能自閉，而是動物沒有手。但是牠們有嘴，可以吃。我想在遠古，那些矮的植物原本是沒有刺的，是因為有食草動物，為了生存，不停進化，不能長高，那就長刺。但是，在這個過程中，誰說得清有多少植物被淘汰掉了？

我家裡的植物如果想保全下來，也必須進化，兩個方向——長高或渾身長滿刺。但進化成其中任何一個這需要一點時間，幾百萬年吧。

當然，還有一個可能，我看住喜禾不讓他摘。但這點我不能答應你。

所以，我的植物們，在你們成功進化之前，你們就自求多福吧。

17／這是親人

「你認為如何才能改善自閉症兒童的生存環境？」一次有個記者這麼問我。

能做的事情很多，比方政府研擬出相關政策，比如多建一些機構培訓一些老師，比如幼稚園學校別對他們另眼相看接納他們……多了罷了，我不想談這些。我真正想說的卻又說不出口，我的意思很簡單：人人都生一個自閉症孩子——尤其是制訂相關政策的人。

話雖然殘酷，但道理就是這麼簡單。有些事，如果不是落到自己的頭上，箇中滋味你是很難知道的。我自己就是例子。

在知道我兒子是自閉症前，有一天晚上，一個多年沒見的女性朋友突然出現在ＱＱ上，並給我發了一條訊息：「我兒子是自閉症。」當時我假裝震驚地「噢」了一下，她以為得到了良性回應，開始大篇幅傾訴她的絕望痛苦……我真的沒心思安慰她，你我多年不見，大半夜來找我聊天，咱們應該談點美好的事情。我抓住時機問她：「你身材還是那麼好嗎？」她有幾分鐘沒說話，之後便跳過了這個問題，又開始傾訴。

那頭，她絕望；這頭，我更絕望。這傾訴何時才是盡頭？

偶爾，我也虛情假意地安慰一下，「上帝關了一扇門一定會給你打開一扇窗」、「那是老天爺給你的禮物」、「不要放棄，有希望的」……我很少說這種煽情的話的，但當時那情形，如果我不這麼說上幾句自己都會覺得自己不是人。但是只要她情緒稍有穩定，我就會果斷地去挑逗，「有一次我夢到你了，你在夢裡面可豪放了。」後來，她也覺得我實在不是傾訴的對象，就不怎麼說話了，都是我在說，偶爾她也回應，都很簡短，「別這樣！」、「不好！」、「滾！」最後她招呼也不打一個就斷線了，把我晾在那裡很尷尬。當後來醫生說我兒子是自閉症時，我痛徹心扉地體驗到了她那天晚上的絕望悲傷。

當然，如果她再找我傾訴，雖然現在我能與她同悲傷，但我嘴裡可能還是說不出什麼好話，「妹妹你並不孤單，哥哥我也有了一個，我們開間房抱在一起哭吧。」……因為，我實在是太輕浮了。

有一次跟幾個朋友去吃飯，去餐廳的途中，一個一看就是精神方面有問題的小夥子橫在路中間，手裡還揮舞著一塊磚頭，來往的人都繞著路走。我們一行人也想繞路走，當時我就有點遲疑，這時朋友出於關心地拉了我一把。本來沒什麼，他一拉把我拉出情緒了，我決定不繞路，繼續按原來的路線走，我目不斜視，直接向小夥子走去。朋友們真替我著急：

「老蔡，他是瘋子。」

「老蔡，他會打你的。」

「老蔡，快過來。」

……

當時我害怕嗎？害怕！如果我命中註定要挨這一個磚頭，反正挨得也不少了，那就來吧。我從小夥子身邊走過時，都能聽見我自己的心跳聲。所幸，這個精神方面有問題的小夥子沒有打我。進了餐館，落座後，朋友還在說這事：

「他打了你白打。」

「瘋子打人法律拿他都沒輒。」

「他沒打你，你就慶幸吧。」

……

他們說的時候我不出聲，他們不說的時候我說了：「打了就打了吧，我都不急你們急什麼？」

大家只知道我心情不好，但又不知道為什麼心情不好，都不說話了。很沉悶的一頓飯。後來，還是我打破了僵局，我說：「你們知道嗎，我兒子跟他是一樣的。」朋友說：「你兒子程度比他好多了。」我說：「不是程度的問題，跟程度沒關係，本質上他們是一類人。」

那一整天，我想了很多，想到了很多，由小夥子想到我兒子，又想回到小夥子，再想到小夥子的父母。小夥子小時應該很可愛吧，應該沒少在他爸爸頭上騎過，後來他父母漸漸發現他不對勁，後來去了醫院……他父母一定想過很多辦法，求醫問藥，請神拜仙，最後實在是沒招了吧。他是哪裡的？怎麼會流浪到這個地方來？出來多久了？父母知道嗎？父母還健在嗎？

儘管我為人輕浮，什麼事都能拿來開玩笑，我也以為自己什麼都能拿來開玩笑，但我發現，還是有些事情，我沒法開玩笑，開不出玩笑。

春節回家，我們一家人坐在一起聊天，聊一個人，一個熟悉而又陌生的人。

我上小學的時候就知道他了，那時他二十來歲吧，大家眼中的傻子、精神病。每天早晨他從家出發，步行半個小時去市區裡的一家麵館吃剩飯，傍晚回家，跟上班似的。一年三百六十五天，風雨無阻日日如此。他從不惹事，不打人不看人不理人，沒人見他說過一句話，沉默得就像一塊石頭。我們上學時遇到他，往他身上扔石頭，放學後還會碰到一次，又扔一次石頭；一次我跟在他後面學他走路，逗得同學哈哈笑。我媽有一次給他錢，他不要。他不要任何人的任何東西，遞菸給他他不要，你菸頭剛扔下他就撿起來抽。前幾年回家探親還見到過他一次，他從市區裡吃完剩飯回家。三十年不見，步伐已見衰老。我喊他，他居然還看了我一眼。我印象中唯一的一次。

有一次他消失了很久，後來才知道他出了車禍，肇事司機以為他死了，把他拋進一個岩洞，但他自己爬出來了，在床上躺了幾個月。大家再看到他，他腿瘸了一條。半年前他又消失了，規劃中的高鐵線路要穿過他家，政府人員上門去談拆遷，發現他已死了很久。

沒人知道他的名字，大家都是對他以「傻子」直呼。在他出生時，他父母應該是給他取了名字的，也許這個名字還寄託了光宗耀祖的希望呢。

我現在經常想起他。

記者問我如何才能改善自閉症兒童的生存環境，我回答說人人生一個自閉症小孩，這是開玩笑，自閉症雖然不怎麼樣但也不是你想生就能生出來的，跟愛情一樣，要緣分。不幸降臨到自己頭上才能體諒理解他人，成本太高，也不是我所願意看到的。我的意見就是：將心比心，儘量去做到將心比心。偶爾，你試著假如一下——他是你最親的那個人……。

18／這是阿姨家

一個朋友提出幫我們帶一天孩子。

居然還有這麼自不量力的人，她一說完，我跟妻子便相視一笑。聽說世界上有三件事最難辦到：把別人的思想裝進自己的腦袋、把別人的錢裝進自己的口袋……最後一條你知道我想說什麼——是的，你猜對了——就是把裝進口袋的錢再還給別人。

喜禾是難帶，但也不是很難帶——如果用鏈子把他鎖起來，馬照跑舞照跳，還可以出門去看狗打架。但問題是：不是天天都能碰到狗打架，得憑運氣，這是其一；其二，我愛他都來不及呢，怎麼會忍心把他鎖起來。喜禾只是有點多動而已，但還有比他更多動的——動物園的猴子你總該看過吧，也沒見飼養員跟誰抱怨過。

拿自己的兒子跟猴子比很不應該，猴子會生氣的。

喜禾在家除了吃，就是跑來跑去，其實他也惹不出什麼大麻煩——提純濃縮鈾的離心機被我妻子藏了起來，諒他也沒本事造出原子彈。吃，占了他興趣的百分之九十九。我們不想讓他除了吃就是吃。我總教育他，除了吃之外，人生還有很多更有意義的事，比方交幾個朋友，三天兩頭一聚，吃吃喝喝多好。

如果不限制他吃，他是全天下最好帶的小孩之一。

——他想看動畫片，不用，給他幾塊餅乾，他老實了；

——他想出去玩，不用，給他一根香蕉，他老實了；

——他想玩玩具，不用，給他一個蘋果，他老實了；

——他想讓我們抱，不用，給他一個蛋糕，他老實了；

——他想拉屎，不用，給他一個漢堡，他老實了；

——他想看識圖卡片，不用，給他一個棒棒糖，他老實了。

……

這麼做的結果你知道——後來，他成了一個美食家。

朋友提出幫我們帶一天孩子，頭幾次我們都委婉拒絕了。後來看她這麼堅持，她的人生又是這麼順，我想，是該讓她吃吃苦頭了。

送去的前一天晚上，妻子就開始為喜禾收拾行李。衣服若干件、褲子若干條，濕紙巾、乾紙巾、尿布，水杯、零食、識圖卡片，再洗幾個水果切了分裝進盒子……好像還有什麼忘了裝了，對，從玩具車上卸下幾個輪胎——他只喜歡輪胎。

只是放朋友家一天，最後居然整理出兩個大包。提著兩個大包，我們就像是剛從北京秀水街批完貨的俄羅斯小販。

「茲得拉斯特務一姐」——這是俄語的「你好」。

一到朋友家，心就涼了。

我這個朋友是個浪漫的人，愛喝個茶收藏個古董什麼的，牆上掛的是名人字畫，櫃子上擺的是秦磚漢瓦。光喝茶的雞蛋大小的茶杯，就好幾十個……據說其中一個價值近萬。我急了，我說：

「你怎麼也不提前收拾一下？不是說好讓你都收起來的嗎？」

我這麼慌張是有理由的。喜禾有個嗜好——愛聽聲音。喝完水，茶杯往地上一扔，「哐噹」一聲，他樂了；吃過飯，飯碗往地上一扔，又「哐噹」一聲，我哭了。他還見不得桌上擺東西，只要他能夠到，不給你掃落一地絕不甘休。所以我們家是堅壁清野，但凡覺得值點錢的——比如鞋子，我們就收進了鞋櫃。其餘的，你愛丟就丟吧，反正這個家也不是我一個人的。上世紀八十年代有個電影，主人公來到圓明園，面對一片廢墟，她說了這麼一句話：

「能燒的都燒了，只剩下了石頭。」

既然她這麼愛發感慨，她更應該來我們家。臺詞我都替她擬好了：

「能藏的都藏起來了，只剩下了牆壁。」

看到朋友家擺放照舊，所以你能理解我當時的窘迫、慌張。

朋友說：「沒事，打碎就打碎吧。」

呸！你說得輕巧，能沒事嗎？我賠得起嗎？隨便打碎一個古董，就夠我吃好幾個月。

朋友說：「真沒事，我都不心疼，你心疼什麼？」

是啊，她都不急，我這是急哪門子。看她說得這麼輕鬆，我心裡大概有數了——她們家的估計都是贗品。

兒子往她手中一放，我們夫妻倆就泡溫泉去了。但這次溫泉泡得並不放鬆，心裡七上八下——還沒開飯吧，今天溫泉提供的自助餐有菜色不錯，要早去搶座位。

妻子隔幾分鐘就去看一次手機。

妻子說：「她怎麼還沒給我們打電話，沒事吧？」

我說：「她沒打電話就說明喜禾沒事。」

妻子說：「真的沒事嗎？」

我說：「有事她早給我們打電話了。」

妻子說：「也是啊。」

妻子又說：「這裡是不是收不到訊號？」

我說：「你不是剛還給你媽打電話了嗎？」

妻子說：「也是啊。」

妻子又說：「要不要我給她打一個電話？」

……

女人就是事多。

最終電話還是沒打。假裝沒有孩子——哪怕一天，又如何？

晚上去接兒子，快到朋友家門口我倆就有點膽顫心驚了。

妻子說：「你有沒有覺得現在像是走進高考的考場？」

我說：「我沒參加過高考。」

……

我雖然沒參加過高考，但我知道走進考場的心情——我聽我妻子說過。

敲門，門開了。——朋友居然還活著。

妻子問：「喜禾呢？」

朋友說：「正玩著呢。」扭頭就喊，「喜禾，你看誰來了？」

喜禾在魚缸前，我看見他時他手裡正抓著一條金魚。他對我說：

「金魚。」

上午十點送去，晚上七點去接，不到十個小時。這是喜禾不在我們身邊時間最久的一次。我們所擔心的事沒有發生——朋友家的古董部分挪了位置，但樣子完好。

「一個都沒打碎嗎？」

我問朋友，因為我不相信。朋友說：「你自己看啦，喜禾真的很乖。」

我又看了一遍，確實沒打碎什麼。不應該啊，我得去檢查下喜禾的手腕，看她是不是把喜禾的手綁起來了。

妻子跟朋友一直在交流近十個小時內發生的事。喜禾吃什麼了，玩什麼了，怎麼玩的，拉屎沒，幾次……我知道妻子最想問的是什麼，但有點不敢問：

「我們不在，他有沒有想我們？」

我們最怕聽到的就是：

「你們一走，他連哭都沒哭，自己玩得可高興了。」

如果她那麼說，我們真的高興不起來。沒有哪個父母不希望自己的孩子活得高高興興——但我們相反，可見我們是多麼差勁。

朋友說：「你們一走，喜禾哭得可厲害了。」

……

哇！這話我愛聽，他最好哭得撕心裂肺，肝腸寸斷，最好哭了足足九個小時，那樣就說明——他知道世界上誰是他最親的人。

這世界上沒有誰離不開誰，但有一種人，一旦離開，我們就會有撕心裂肺之痛——爸爸、媽媽。

19／這是金魚

朋友自從帶過一天喜禾後，再也沒有提出過幫我們帶孩子。

「哪天你們帶喜禾來我家玩吧。」、「什麼時候你們帶喜禾來我家玩啊？」、「我們家來了個小朋友，明天你們帶喜禾來我家吧。」……這些話倒是經常聽她說。其實我能理解她，帶我兒子確實是一件辛苦的事。

她幫我帶了九個小時的喜禾，那九個小時內發生了什麼，我不知道，但我知道肯定發生了什麼——要不然她怎麼會再沒提出過幫我帶孩子。

那天把兒子接走，回家後我又給她打了個電話。我問：「喜禾在你家沒搞什麼破壞吧，別不好意思說。」

她說：「真的，沒有。」

想了想，她補充了一句，「喜禾好像對金魚很感興趣。」

我就知道有故事，我直截了當問：「死了幾條？」她又羞羞答答了，不說。看她這麼為難，我換了一個她好意思回答的問法——補充一下，人人都說我善解人意。

我問：「還有活的嗎？」

果然，她不再為難，脫口而出說：「有！有！還有一條……不過好像也不行了。」

……

我見過她家那些金魚，十來條，有幾條據說頗值幾個錢，金魚養在一個不知道從哪兒買來的一個石馬槽裡。每次去她家，我都想把馬槽弄回家。後來我瞭解了金魚之死的全部經過。

我們走後喜禾就沒停止哭。給他吃的，他邊吃邊哭，吃完更哭；給他一個玩具他又沒興趣；給他幾塊錢他又摔不破……她一時束手無策。後來她想到一個好辦法——讓他哭去，哭一會兒他就不哭了。這就是道家的「無為而無所不為」。事實證明這不失為一個好方法，哭了大概十來分鐘，喜禾不哭了。接著，喜禾給自己上發條——上發條只是一個比喻，我兒子只要沒睡覺，其餘的時間他給我的感覺就是一個上了發條的玩具。

喜禾一旦上了發條，就意味著，朋友剛泡的茶是喝不成了。

「喜禾，不能摸！」

喜禾身邊就是一個插電板。喜禾一直在構思一篇論文：《特殊兒童異於普通兒童的絕緣不傳導肉體現象考—— 220V 交流電觸電實驗》。朋友看到喜禾去摸插電板，大驚失色，大步地衝去想搶奪下來——晚了！喜禾已經放下了。但是朋友心緒未平，想到剛才情況之危險，厲聲質問：「你是不是不想寫論文了？」

那句話我是杜撰的，她沒這麼說。她說的是：「你怎麼這麼傻！」我個人覺得，對於一個已知的事實，不需要再三強調，所以我把她那句話改了。

順便說一下，朋友衝過去時帶翻了桌上的茶壺，哐噹一聲碎了。後來我問她喜禾在她家有沒有打碎東西，她還是有些遲疑的。後來良心發現，她當時就沒說了——本來也不是喜禾打碎的。但是她要說是喜禾打碎的我們也不知道。我侄女大學畢業即將步入社會，求我一句忠告，我送她一句話：「靠本事吃飯，憑良心做事。」又補充了一句，「叔叔不是金口玉言，你不這麼做也行。」

插電板事件之後，朋友對喜禾採取尾隨戰術，寸步不離，喜禾跑，她跟在屁股後面跑，喜禾站住了，她沒停住，把他撞翻了。喜禾想去拿杯子，她搶在前面轉移，喜禾不是去廚房就是去浴室開水龍頭，她把總開關關了。喜禾累了，就地一躺，她不能休息。喜禾爬起來，她很想歇一下但不能，她得繼續尾隨。三個小時後，她拿起了電話，準備向我們求救。

電話沒打。喜禾睏了，到了他每天雷打不動的午睡時間。她覺得沒有必要打這個電話了。

她得到了短暫的休息機會，喜禾午睡的這兩個小時，應該列入她人生最美好的休假中去。這兩個小時她想了很多：為什麼喜禾這麼好動？喜禾的爸爸媽媽平時怎麼帶的？人生是不是苦旅？以及，為什麼馬桶沖不出水來？——她忘了關了總開關這回事。

朋友家社區有兒童遊樂區域，喜禾一醒來，她就帶喜禾去那兒了。

「你看他坐在鞦韆上盪得多開心。」朋友轉身問喜禾，「你為什麼就不喜歡盪鞦韆呢？」兒童遊樂區有鞦韆有平衡木有蹦蹦床……小孩們玩得可起勁了，但喜禾對任何一個都沒興趣，唯一感興趣的是健身椅，站在那裡玩了半天——那還是因為有人把口香糖黏在健身椅上面了。

遊樂場旁邊就是一個人工湖，喜禾總想往湖裡跳，朋友抱回來，他又去。反反覆覆很多次，朋友筋疲力盡。算了，還是回家去吧，朋友又把喜禾帶回家了。

其間多次又想給我們打電話。但後來她的倔強脾氣上來了——不就是一天嗎？就不信帶不了。

回到朋友家，喜禾就發現了金魚。

「這是什麼？」朋友問。

「金魚。」喜禾早就認識了。

喜禾很興奮，小手伸向馬槽。

金魚有九條命。聽過這個說法沒有？

沒有？

我也沒有。

後來的事實證明，金魚確實只有一條命，多出半條命都沒有。

……

前幾天又接到朋友的電話，她再次提出幫我們帶一天喜禾，她是這麼說的：

「這次你放心，我幾個同事過來，這次我們家有三個人了還搞不定他？你放一萬個心，肯定沒問題……」

20／這是禮物

三八婦女節那天，妻子收到了一個禮物：一張粘滿彩色紙屑的卡片，這是喜禾送給媽媽的節日禮物。如果前天喜禾給他媽媽的那張糖果紙不算，這還是他第一次送給媽媽禮物。禮物是老師轉交的。

跟平時一樣，傍晚時分我們去幼稚園接喜禾；跟平時一樣，看到我們來了老師就喊：「喜禾，爸爸媽媽接你來了。」跟平時一樣，喜禾沒聽到；跟平時一樣，老師一把把喜禾抓了過來；跟平時一樣，喜禾這時才看到我們，笑了；跟平時一樣，我們不會期待他嘴裡叫出爸爸媽媽。

跟平時一樣，我們眼巴巴地等著老師告訴我們喜禾這一天在幼稚園的表現；跟平時一樣，老師誇喜禾有進步：今天他居然在小板凳上坐了九秒鐘，午睡時他沒睡著但乖乖在床上躺著，他沒有搶小朋友的餅乾，他好像拉了一下某個小朋友的手，這次老師講故事時他沒有影響到別的小朋友……跟平時一樣，等我們走出幼稚園回到車上，我們會溫習老師說過的每一句話每一個字。

跟平時一樣，早晨我們吃早飯晚上我們吃晚飯，餓了多吃幾碗不餓少吃或者乾脆不吃；跟平時一樣，太陽從西邊下去，下去後再見到要過一晚；跟平時一樣，收銀台排我前面等著結帳的幾個人我還是叫不出他們的名字……。

有時，我是真恨「跟平時一樣」，我希望生活來點變化，在早晨吃頓晚飯在晚上看太陽升起在收銀台前等著結帳的人主動告訴我他們的名字。所以，今天當老師拿出一張卡片說：「喜禾祝媽媽節日快樂。」我心情爽極了——今天，跟平時不一樣。

禮物是一張卡片，卡片上面粘滿了彩色紙屑，此外，還有幾個彩屑裝飾成「心」形。「心」形在手法上刻意營造出一種稚嫩，歪歪斜斜，還有兩處故意沒連上，目的是讓人看了立即聯想到「天真可愛」、「天真爛漫」，或者是心臟都這樣了，沒幾天可活了，趕緊送醫院吧。卡片右下角還有一行童稚小字——「喜禾祝媽媽節日快樂！」……不用說都知道，整張卡片都出自老師之手：創意，老師的；卡片，老師的；彩紙，老師的；膠水，老師的；粘上，用的還是老師的手……喜禾就做了一件事：撕紙。撕碎的紙，還是老師一點點從地上撿起來的。儘管如此，沒人會把這些功勞歸於老師，包括老師自己。「怎麼可能是我做的？」老師說，「如果是我做的，我會撕得更碎。」——如果我問，老師也許會這麼回答。

我和妻子分別親了喜禾一下，算是對他做這張卡片的感謝——如果真想感謝做這張卡片的人，親的應該是老師，但這不太可能。再說老師也不期待啊。

幼稚園別的小朋友都會在這天給媽媽做一件禮物吧。

「我的媽媽是世界上最好的媽媽，天天給我洗衣服。」小朋友畫了一台洗衣機，借此表達對媽媽的愛。

「我媽媽最愛我了，她最愛最愛最愛我了。」小朋友畫的是一張全家福，她在爸爸媽媽中間，幸福得像個小公主。

「我的媽媽最漂亮了，誰的媽媽都沒有我的媽媽漂亮。」一個小朋友畫了一個衣櫃，這樣她媽媽就能放更多衣服，就能打扮得更漂亮。

「我不畫我不畫我不畫我不畫我就是不畫……她是壞媽媽。」昨天晚上他媽媽答應今天早晨帶他吃麥當勞，但是一大早媽媽被老闆的一個電話叫走了，兒子還在生氣呢。

「我媽媽頭髮長長的，我媽媽鼻子高高的，我媽媽眼睛大大的，我媽媽的酒窩也是大大的。」小朋友一筆一筆地畫著一年前就已不在人世的媽媽的形象。

「我媽媽就喜歡打麻將，我爸爸不喜歡媽媽打麻將，但媽媽還是要去打麻將，爸爸不讓她去打麻將，媽媽就打爸爸，媽媽打了爸爸後，爸爸又打媽媽。」這個小朋友恨麻將，麻將長了一張醜陋的麻子臉。

「媽媽最喜歡我了，我也最喜歡媽媽。」小朋友畫了一朵玫瑰送給媽媽。

……

三八節這天要求每個小朋友都給媽媽準備一件禮物，喜禾給媽媽準備一件什麼禮物呢？幼稚園的老師傷透了腦筋。喜禾才不去想這檔子事呢，不是他不願意，不是他懶，他壓根兒就不知道禮物，壓根兒就不知道還要送媽媽禮物。他也不要別人的禮物，不是不想，是壓根兒就沒去想過。

終於，有個老師天才地發現——可以把喜禾撕碎的紙送給媽媽。於是，有了那張卡片。

雖然，我知道那張卡片跟喜禾的關係實在是有限，他根本就不知道在這個日子裡要送件禮物給媽媽，我知道別的小朋友送給媽媽的禮物，可能是他們自己親手完成的，喜禾只是撕了點紙，但有什麼關係呢，怎麼說，也是一件禮物。

這些碎紙如有生命，也會開心吧。它們第一次擁有一個聽上去浪漫溫暖的名字——「禮物」。

21／這是玩笑

跟幾個朋友吃飯，席間又聊到喜禾，我說等喜禾再大點，我開車帶他沿著國境線跑一圈。有個朋友插話說，為什麼非得去國境線？我說那是因為國境線上的士兵有槍吧——「再過來開槍啦！」、「有本事你開……你倒是開啊！」、「砰！」……我獨自開車回來了。

大家都樂了。飯後有個女孩把我攔在地下車庫，連珠炮似的拋來一串問題，「你覺得你很幽默嗎？」、「你是不是覺得你的笑話很好笑？」、「這麼開你兒子的玩笑你不覺得殘忍嗎？」、「你是不是腦子有病？」……

這幾個問題我不是第一次聽到，三天兩頭就有人這麼問我，我還從沒正面回答過，今天反正飯也吃了，她那麼正義而且美麗，我就都答了吧。

「你是不是問我腦子有病了？」我說，「我先回答你這個。」

「不用了。」她說，「我已經知道答案了。」

說完她扭頭而去，只聽到她的高跟鞋撞擊地面的聲響是越來越弱，越來越弱……又越來越強，越來越強。

「怎麼又回來了？」我問，「還有問題想問？」

「嗯，」她遲疑了一會兒，最後鼓足勇氣，「出口到底在哪邊？」

吃飯的人中她不是唯一一個覺得我的玩笑殘忍的。上廁所時有個朋友就對我說：「老蔡，我算是你的老相識了，而且自認為很瞭解你說話的風格，但這次我都覺得你殘忍。」他又說，「不過我喜歡，加油。」物以類聚，人以群分，我身邊的這些朋友都跟我差不多，假使喜禾是他們的兒子，說不定他們更過分呢。

我開玩笑大多數時候不是為了討誰喜歡，嘴長在我身上，我想說就說了。

有時候，很多問題不開玩笑你就沒辦法回答。比方一次有人問：

「你是在兒子自閉症後才變得這麼幽默的嗎？」

你說我怎麼回答？你讓我怎麼回答？「不好意思，你可能真不瞭解我，我之前就是很幽默的一個人，不信你問他們。」然後列了一張名單給他，上面有人名、電話、家庭住址……用得著嗎!?所以換了個方式回答：「是的，那天在醫院我除了拿到一張自閉症診斷結果，同時還領了一份『幽默授權許可證』。」

就算玩笑開過分了，我兒子都沒生氣呢，你生哪門子的氣。我還真希望我兒子因我總開他的玩笑而生氣，這樣他會想辦法開我的玩笑，回擊我，實在回擊不了，考了個外地大學躲起來。

我妻子也喜歡拿兒子開玩笑。

一次我們一家跟幾個朋友去烤肉，位置沒選好，旁邊就是一個湖。只要是水，我兒子就想下去游泳，不管是臭水溝還是下水道，站在懸崖峭壁上他都能縱身一躍。我兒子想去玩水，稍不注意他就往湖的方向跑了過去，每次還沒到水邊就被他媽媽提了回來，但剛放下他又去……為此，我妻子少吃了很多羊肉串。羊肉串烤得差不多了馬上就能吃，我兒子跑向湖邊，妻子追了過去，等妻子把兒子提回來，羊肉串已經吃完了，只能等下一輪。下一輪烤得差不多了，我兒子又去湖邊了，等妻子回來，羊肉串只剩下了竹籤——這次人也沒選對，來了幾個身高體壯特能吃還自私的朋友。有個女孩看不下去了，「老蔡你也幫幫你老婆。」一個胖子搶先替我回答了：「他一直在幫——幫她吃。」

又一輪羊肉串即將烤好，兒子又朝湖裡跑了過去，想到這輪羊肉串又沒她的份兒了，妻子悲憤交加：

「老蔡，你兒子這是要去自殺嗎？」又說，「那就從了他吧，這回誰都別管。」

……

我妻子開過的玩笑中，我最欣賞這一個。妻子是偶爾來一句，不像我，拿兒子開玩笑成了職業。

每次有人說我玩笑開得過分，我就拿嘴長在我身上，兒子也是我的我想怎麼說就怎麼說來回擊，其實自己還是很心虛的。我有時也捫心自問：「我愛我兒子嗎？我真的愛我兒子嗎？跟下軍棋比呢？」

我想跟兒子說，爸爸雖然拿你開了很多玩笑，但爸爸還是愛你的——這不是玩笑；如果在你和玩笑中只能二選一，我選玩笑——這次是玩笑。爸爸是拿你開了很多玩笑，有的甚至還很過分、很殘忍，但再過分再殘忍都不及你，不及你的萬分之一——你扮演一個自閉症，到現在還在演。

小子，你還真沉得住氣！

22／這是跑

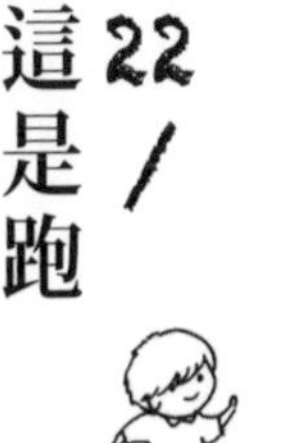

電動玩具後面都有一個開關——「ON-OFF」，不想玩了，往「OFF」一撥，立即停下。每次看到兒子從屋裡這頭跑到那頭，又從那頭跑到這頭，我就在想——所幸他喜歡光腳跑，要不然一定得多買鞋。我想像著有這麼一天，不想看他跑了，往「OFF」一撥，他就很長時間不動了，往「ON」一撥……我兒子身上也有這麼一個開關嗎？如果有，能給我換成聲控的嗎？——我可不想隔幾分鐘就起來關一次。在兒子身上沒有找到開關，但發現了一個總開關——捂住他鼻孔、嘴巴三分鐘。——友情提醒：別輕易拉總開關，哪怕有時你非常想，非常非常非常想。

除了睡覺，他就是在跑，你都想像不出，他這麼小小的一個軀體，何以蘊藏了那麼巨大的能量，火山再猛烈也只是一陣，噴完也就歇了，他不是，永遠在噴，永遠在路上。每天的睡覺，不過是為了下次的奔跑而積蓄能量。他不停地跑著，一刻也閒不下來，有一次我對妻子說：「別說，他這樣也挺好的，將來椅子沙發都不用買，能省不少錢呢。」有時他跑興奮了，還伸展著雙手做飛機狀，一次跑著跑著突然他人不見了，然後聽到外面有飛機聲，妻子開了一句玩笑：「你兒子真的飛走了。」

「休想騙我，不可能的事。」我說，「他再如何揮舞雙手也飛不起來，你真的不知道原因嗎——他太胖。」

你看天上飛的，哪個不是瘦骨嶙峋的？

有時，跑的時候他還心急火燎的，就像去趕末班車，這時希望有人及時提醒一句：「孩子，你追不上的。別跑了，老老實實地等下一趟吧。」

既然他身上沒有開關，我又不能拉總開關，當他在屋子裡跑來跑去的時候，我就靜靜地等著，等著他的電池耗完。

跟所有的孩子一樣，他經歷了一段漫長的爬行動物階段。爬行階段結束後，他選了一條跟大多數小孩不同的道路——跳過「走」，直接到了「跑」。有個小孩學習成績很好，小學二年級讀完直接讀的四年級，他媽媽可驕傲了，逢人就說：「我兒子太棒了，他在小學還跳級。」……我不知道這有什麼可驕傲的，我兒子連「走」都跳了過去，你看我在人前炫耀過嗎？

我從未見喜禾慢慢的、從容的走過路，帶他去外面玩，剛從我身上滑下來，腳一沾地，他就往前衝了過去。有一陣天氣出奇的熱，地表燙得都能煎雞蛋，我想他落地就跑是讓腳減少接觸地表吧，但這種極端天氣一年能有幾天呢？北京處於中緯度暖溫帶，屬於溫帶季風氣候與溫帶大陸性氣候的交界處，但溫帶季風性氣候影響要更大些，如一定要歸類，應算溫帶季風性氣候……總而言之，北京大部分日子還是很舒服的。有一次，剛出大樓門口，他就像離弦之箭射了出去，這時正好開過來一輛汽車，司機猛踩剎車。司機嚇壞了，搖下窗戶探出頭來問我：

「他怎麼跑這麼快？」

「還不是因為發動機好，2.0T12 缸，最大輸出 6200。」

「那加速應該不錯！」

「不是跟你吹，百公里加速只要 9.2 秒。」

「功能不錯啊。」

「那當然，高功能，我還告訴你，帶導航的。」

「你說得我都心癢癢了，回去我就跟老婆商量，換個跟你一樣的兒子。」

……

祝福他。

不會走路只會跑也沒什麼，無非是想比別人少幾次撿到錢包的機會，但也有優勢啊——比別人快到家。有一次我在社區花園遇到一個女鄰居，彼此留下QQ期待來日視頻後各回各家，她走到樓下時看到我家燈已經亮了，打電話給我：「你都到家了，怎麼這麼快？」

她不知道我有個能跑的兒子嗎？

但是，不會走路只會跑，不僅僅是錯過撿到錢包這麼簡單，路上的風景，人生的風景，他就欣賞不到了。我有一次坐高鐵路過江蘇，想看看江南美景，往窗戶外一看立即扭頭——沒辦法看，速度太快，一看就暈。我兒子也等同於一列高速行駛中的火車，路上風景再美，他的感受也只是暈。

他為什麼不喜歡走而喜歡跑？

也許他這麼想：同樣的路程，跑步肯定比走路先到達目的地，人生這段旅程，應該同理。

想到我兒子將來比同齡人搶先長到十八歲，搶先進入戀愛的年紀，搶先找到女朋友，我就忍不住得意——我也不是全輸，我手裡還是有幾張好牌的。

23／這是諾貝爾和平獎

朋友的女兒一歲多，很可愛，我逗了一會兒，轉身就對朋友說：「你女兒程度不錯。」朋友愕然。

我現在有一個習慣，看一個孩子，首先會去判斷他是不是自閉症——對視？行為？反應？社會性？語言？語言理解力？……「可愛」、「美麗」、「聰明」、「活潑」等等，這些經常用來讚美孩子的形容詞不是我優先考慮的，我只有判斷：「是」或「不是」。我甚至連基本的誇獎都不會了，一次在朋友孩子的百日宴上，我對朋友說：「我觀察了很久，我相信我的經驗，我可以百分之百地保證，你兒子不是自閉症。」朋友根本就沒問這事，想都沒往這方面想。除了我，哪個正常人會往那方面想？朋友當然不會領情，但是如果誰對我說：「我百分之百跟你保證，你兒子不是自閉症！」我身上有多少錢我都掏給他。千金難買一言。

判斷小孩是不是自閉症成了我一個新樂子，週末在肯德基，我一邊吃著原味雞塊一邊觀察周圍的孩子。這個不是，那個也不是，那個還不是，這個不太確定……不是，這個也不是。如果我去恭喜那些家長，他們不會揍我吧。

我妻子也有這個愛好，有一次在超市，一個媽媽推著小孩過來，我們的目光不約而同地追隨了過去，一會兒我妻子說：「我有點拿不準。」我說：「不是。」妻子又看了一會兒，「確實不是。」我又說：「但也不好說，我現在也拿不準了。」……我百分之百地保證，我跟我妻子事先並沒有約定，就是下意識，就是習慣了，就是默契。

夏天的游泳池裡，更多的是小孩，看到那麼多小孩等著我們去評判、診斷、打分數，可有成就感了。

我有點拿不準：「你說那個呢？」

她肯定地說：「不是。」

我：「那這個是不是？」

妻子：「是什麼是，你看他那眼神、互動。我倒是覺得那個……」沒等我回答她自己就否定了，「不是。」

我驚喜地說：「老婆，你看這個……」

妻子：「一看就不是，剛才他還向旁邊的小女孩臉上潑水呢，社會性這麼好，可能嗎？」

我：「我不是說小孩，你看旁邊，他媽媽……」

我們倆盯著小孩的媽媽看，一直看。看來一會兒我得去找那個小孩談談，「小朋友，你媽媽有可能是自閉症，至少是邊緣、傾向……還是找個時間帶你媽媽去醫院檢查一下吧。」

一個個地去判斷他們是不是有自閉症——雖然 99.999% 都不是，真的非常有樂趣，有成就感，這種樂趣、成就感，僅次於從耳洞裡掏出一大塊耳屎。

後來，我發現有我這種嗜好的不只我一個，我們這些家長經常聚在一起，抱暖、取經、交流，經常不知不覺地就開始評判、診斷他人了。

「我覺得不是，他有語言。」

「那也叫語言嗎？沒有理解力，最多算鸚鵡學舌，我看就是。」

「眼神還可以啊。」

「飄，非常飄，嚴重懷疑。」

……

「那個小孩真的不像，還能上學，數學得了一個全班最高分。」

「他們學習成績好的多的是，最多只能說明，智力沒損傷，認知不錯……關鍵的社會性呢，互動呢，有嗎？你問他媽媽，他跟同學有交流嗎？」

……

這些家長在一起，一個比一個專業，一個比一個準確、毒辣，相互之間還會評判，「我看你也有點，你兒子肯定是遺傳。」

一次有個女家長感慨：「我跟我老公談戀愛時，他連看都不看我一眼，現在還不看。」話音剛落，呼應者眾，「對啊，我老公也不看我。」、「我也是，結婚前我帶他回家，我媽跟我說他怎麼老是不跟我們對視，原來不知道啊，早知道我就不跟他結婚了。」

我也成了他們評判的對象：

「我看喜禾爸爸就是。」

「喜禾爸爸有眼神不像，他會看人的。」

「他不是不看人，他是太看人了，直勾勾地盯著人看，我覺得就是，至少是邊緣。」

「什麼邊緣，就是。」

「那他還會寫文章？」

「莫札特還會譜曲呢。」

「他有情緒，還知道開玩笑。」

「那還叫有情緒啊，開起玩笑來一點分寸都沒有，他的玩笑屬於典型的自我刺激，而且你們注意過沒有——只要是他不感興趣的話題，就從來沒見他說過一句話，沒發表過一句意見。」

「對，他就是自閉症！」

……

幸好，他們還不知道我更多的習慣：

我在網上下軍棋已達十四年之久——刻板；

我除了下軍棋，別的遊戲一概不玩，不會，最近才學會鬥地主，很快又癡迷上了——興趣單一；

我不喜歡應酬，天天宅在家——封閉；

我喜歡獨來獨往——孤僻；

我跟陌生人談話很緊張——社會性差；

最重要的，據我老婆說，在家吃飯時我只會給自己拿一雙筷子。

……

所以我要感謝我媽，我能上學，我能參加工作，出門在外這麼些年一直能混上口飯吃還能在北京買上房，朋友不多但也有幾個，不喜歡跟人交流但不妨礙偶爾說幾句討女人喜歡的話，最不願意拍馬屁但一拍就是屁精，也擅長人前一套人後一套，吃完肉就罵娘，看到混得比自己差活得比自己慘的人，尤其對街頭乞討的人充滿了同情心。但看到誰的車比自己的好就想劃上一道。十五歲就寫了第一首情詩，結婚之前談過幾次戀愛，結婚後還是想跟別人談戀愛，但念頭一起就被自己給掐了，結婚後努力想成為一個好丈夫還生了一個兒子，雖然兒子不怎麼樣。這麼些年我混跡正常社會，裝得就像一個正常人，你不仔細還看不出來……你說能有我現在這樣，我媽多不容易，她付出了多少努力。

雖然我現在也並不怎麼樣，但就一點：四十歲前都沒人發現我是自閉症，這是多麼了不起的成就，理當獲得諾貝爾和平獎——蔡春豬的母親對兒子在社會融合這一塊作出了卓越的探索，也取得了傑出的成就。挪威諾貝爾委員會決定將本年度諾貝爾和平獎授予這位女士，以此表彰、感謝她對自閉症康復事業、世界和平作出的偉大貢獻。

希望，將來我妻子也因為培養了蔡喜禾而再次獲得諾貝爾和平獎。

24／這是大海

「喜禾，這是什麼？」

我們帶喜禾去北戴河，我指著眼前的汪洋一片問他，他連連後退。他在卡片上認識了大海，但第一次見到真的大海，還是被那氣勢嚇住了。大海真大，比卡片上的大多了，十倍還不止。

但很快，他又抑制不住好奇心，一步一步地，試探性地接近大海。一個小浪湧來，淹沒了他的腳面，他緊閉雙眼，海水淹沒他雙腳後又緩緩退去，那一瞬間，我看到他臉上流露出一種被撫摸的舒展、陶醉。旋即，他匍匐在沙灘上，

低下頭，用嘴唇去一一親吻下面的細沙、浪花。那一刻我腦子裡湧現出葉芝的詩——「多少人愛你青春歡暢的時辰，愛慕你的美麗，假意或真心，只有一個人愛你朝聖者的靈魂。」

在那一刻，喜禾就是一個朝聖者，有一顆朝聖的靈魂。

「你們快來看，這兒有個小孩好可愛。」

幾個泳裝女孩被喜禾吸引了過來。來了後，她們你一句我一句，嘰嘰喳喳的嘴就沒閒過。「他是在幹麻？」、「他怎麼這麼可愛？」、「他叫什麼名字？」、「叫他他怎麼也不理我？」、「我可以抱他嗎？」、「我可以跟他拍照嗎？」……她們的問題太多太密集了，全回答不可能，我挑了一個有代表性的，我說：「他可愛那是因為遺傳自他爸爸。」說完我妻子就瞪了我一眼——我估計是因沒提到她生氣了。其實我也有問題想問她們，我的問題就一個：「你們逗他的時候能不能拉拉領口？」

之後，有個女孩跟喜禾拍照時，左手還一直緊緊握住領口。其實那個問題我根本沒問出口，只是在心裡發了一下問，不知道她是怎麼聽到的。看來世界上確實存在著心靈感應。

當他在陸地上的時候，不太會走路只會跑，跑起來又跌跌撞撞，像是隨時都有可能跌倒，都三歲了還爬不了幾個階梯。到了水裡可就不一樣了。他不讓我們牽，穿著游泳衣自己玩得可好了，翻個身仰一會兒，爬起來趴一會兒，撲騰兩下，翻滾幾下。

他是大海之子。

看他在海裡玩得那麼起勁，我對妻子說：「咱們回家，就讓他在海裡玩吧。」

他一直想待在水裡不出來，我們強行把他抱回了沙灘上。

跟海裡比，沙灘上人更多，很大一部分是三口之家。我們去哪裡玩都儘量避開三口之家，尤其有跟喜禾差不多孩子的家庭，原因很簡單——減少受刺激。其實我兒子挺不錯的，各方面都不錯，我們經常都會忘了他是個特殊孩子。有很長一段時間，我們能接觸到的孩子除了喜禾就是他機構裡的同學，他們都一樣，不理人不看人不說話自己傻笑，於是我有了一種錯覺：這才是常態，全天下的孩子都是這樣的。然後有一天在肯德基，一個三歲的小朋友過生日，給他慶生的還有幾個跟他差不多大的同伴，看到他們的行為表現，那一瞬間我疑惑了——這都是真的嗎？這些孩子是真的嗎？油炸食品吃多了會長胖也是真的嗎？

我們旁邊就是一家三口，爸爸媽媽帶著兒子。他們像是打算在海邊安家了，遮陽傘、躺椅、鋪墊、各種吃的、各種小玩具，而我們這次來北戴河屬於臨時起意，很匆促，什麼都沒帶。按道理應該給兒子帶把鏟子帶個小桶之類的。不過我兒子很會就地取材，旁邊小朋友玩鏟子的時候，我兒子從沙子中翻出了一個菸頭；旁邊小朋友玩飛盤的時候，我兒子從沙子中找到了一個塑膠袋。一陣海風吹來，塑膠袋在空中的姿態比他們的飛盤更輕盈更優雅，飛得也更高。

旁邊那個媽媽不時會看我們一眼，她的眼神在說：什麼父母啊，兒子在翻垃圾也不管管。

我們把兒子放倒在沙灘上，沒有工具，我跟妻子兩人一捧沙一捧沙地往他身上澆。一會兒旁邊那個小孩過來了，手裡還拿著一把鏟子。小孩說：「媽媽說，借給你們玩。」——她怎麼知道我們準備把兒子活埋了？她是嫌我們動作

25／這是神仙

目前科學界拿自閉症都束手無策，這是公論。但也有人不這麼認為，有一次一位女士跟我說：「明明可以治好卻不去治，就知道哭哭啼啼，我看你們這些家長是活該……」

她這麼說，我有些不快，但覺得她說的也有道理——如果確實能有方法治療而我們不去治，我們這些家長確實太活該了。我想知道她有什麼好方法，於是我跟她有了進一步的交流。她跟我說她不是什麼醫生，也沒看過任何醫學方面的書籍，之所以她對治療自閉症有一套，是因為幾年前她去西藏，遇到一個

活神仙……。

接著她跟我講了她跟活神仙的故事，很傳奇，尤其她如何遇到活神仙那一段，我竟然有了共鳴，於是我跟她講了另一個故事——秦末張良刺殺始皇未遂，逃亡至下邳時在沂水圯橋頭遇一穿著粗布短袍的老翁，老翁故意把鞋脫落橋下，還傲慢地差使張良撿鞋。……後來大家都知道那個老翁其實就是神仙黃石公。我平時喜歡看點野史，所以腦子裡面這類的故事很多，她一說她的故事我立即想起來了，但顯然這位女士對野史沒興趣，她聽後頗不悅，說：「我說話時你最好別打岔，讓你說時你再說。」

接著她繼續講她的傳奇。她在講她神秘的西藏之旅時，擔心我睡著了，不時會提醒我一句：「還在聽嗎？你有什麼想問我的嗎？」我還真是有問題想問她，而且不止一個，我挑了一個我認為最重要的問題，我問：「在西藏拉完屎站起來時會不會頭暈？」

我還沒去過西藏呢，一直想去，西藏那地方海拔高，我格外擔心這一點。她不喜歡我問的這個問題——補充一下，她似乎不喜歡我所有的問題，我問任何一個問題，最後都是惹她不高興，她明知我的問題會讓她不高興，還總提醒我問問題，我不明白這是為什麼。這次她聽了我的問題後，義正詞嚴地跟我說：「我在很嚴肅地說你兒子的問題呢，你這人怎麼這麼不可靠？」

在我兒子這個事情上，已經多次有人說我不可靠了。

一次有個心地善良的女孩興沖沖地問我：「喜禾最近怎麼樣了？」

我說：「還活著。」

女孩說：「你就不能好好說話？」

我說：「他確實還活著，我把手指放他鼻子跟前試過了。」

她氣得要哭了，「我是關心喜禾。」

我說：「我知道你關心喜禾，所以我才跟你說實話，不信你自己可以過來看。」

女孩最後給我下了個結論，「你太不可靠了，喜禾有你這個爸爸真是不幸。」

回到上面那個故事，女士之所以不厭其煩地講她跟活神仙的傳奇，就是想跟我說明一個道理：高手在民間，她經高人點撥後，也成了高手——二手高手。

但我認為再高的手終歸也是手，不會是腳，更不會是長頸鹿，也得有方法有辦法，當初張良遇到黃石公，這一面之緣並不能保證他幫劉邦得天下，最後靠的還是黃石公給他的那部《太公兵法》。所以我又問女士：「他給你《太公兵法》了嗎？」她說：「什麼？」我說：「那個老者有沒有交給你一部什麼秘笈之類的？」她說：「老先生不識字。」

不識字並不影響老先生留下一部秘笈。你肯定聽過「無字天書」這個說法。無字天書其實是指現在所說的《易》，據說最初的《易》只有符號，沒有文字。這我能想像出，比方我兒子現在不識字，將來也不讓他學識字，但他又遺傳了我對文學的熱愛，所以將來他寫小說，一定是透過過符號來實現。比方他要寫這麼一句「很多年前我爸爸認為我是自閉症，還開了我很多玩笑」的話，他只需要畫一把血淋淋的菜刀，大家一看便知：你看這個兒子對父親開他的玩笑最後忍無可忍，下手了。

我很關心那位老先生有沒有口授她治療自閉症方面的秘笈時，她這麼跟我說：「肯定是有的啦！」、「那是一定的啦！」、「那還用說嗎？」、「還不只治療自閉症啦！」——從她這幾句話裡我們能發現一個有意思的事情——她很喜歡用語氣助詞「的啦」。但問到到底是什麼方法，如何醫治時，她卻不肯多說一句了：「這是我的秘方，告訴你不就等於別人也知道了？」然後她對我保證，「你放心，只要你把孩子交給我，三個月之後我保證給你一個好孩子。」

我不信任所有的保證，結婚前，我曾經信誓旦旦對妻子保證，「跟我結婚我保證讓你過著幸福生活……」現在我妻子每天要帶著兒子去機構接受各種訓練，無論颳風下雨，這肯定談不上是幸福生活。我以為幸福生活應該是這樣：每天都有機構的人主動上我家給我兒子訓練，無論颳風下雨。

她讓我把兒子交給她，三個月後還一個好的給我，我沒答應。很多年前我也說過這樣的話：「這本書我借去看看，最多一個月我就還你。」十多年過去，那本書現在還在我的書架上。我擔心我把兒子交給她三個月後我去要，她跟我說實驗徹底失敗了……以我對自己的瞭解，我可能會爽快地答應她用別的方式還我，所以在她沒機會說那句話之前，先拒絕了她。

一年過去，我兒子跟以前沒多少區別。所以有時我也忍不住想：若當初答應了她，現在又是如何呢？

26／這是壞孩子？

一到家，妻子就非常生氣地跟我說：「你兒子竟然對我撒謊！」

我不太相信這個消息，我信任我的兒子——不是信任他的人品，是信任他的能力——他現在連完整的一句話都說不出，還會撒謊？

「這不太可能吧？」我說。

「那你意思我在撒謊？」妻子說。

妻子更不會撒謊——不是她沒有這個能力，是我信任她的人品。我只是好奇——兒子如何撒的謊？

事情是這樣的：最近他厭學情緒嚴重，總想逃避上課，剛坐下來準備上課，他就站起來，示意要撒尿。妻子帶他去廁所，結果一滴尿都沒有。回到課堂，剛坐下他又要撒尿……如此折騰幾次，很快就到下課時間了。

聽完妻子講述後，我說：「不一定就是撒謊吧，有沒有可能尿道結石，真的尿不出？」

妻子一聽，生氣了，「我為什麼每次跟你說點事，都那麼辛苦呢？」

「那麼辛苦」的原因有三，一……其實我能一二三四地說出好幾個原因，我有這個能力，但這個時候最好閉嘴，不想打架的話。

撒謊就是壞孩子嗎？

是的！這是大部分家長的共識。一個人一旦成為爸爸或媽媽後，就會面臨很多問題，為此焦慮、擔憂、惶恐、寢食難安，其中最大的一個就是孩子撒謊。我一個朋友就是典型，三天兩頭就跟我訴苦，「怎麼辦，大頭又撒謊了，我跟他說作業做完了才能看電視，他說做完了，我一看，屁！」、「拿他一點辦法都沒有，又跟我說他病了，不能去上學。」、「他對我說玩具是同學送給他的，但今天我去問老師了……」我剛認識她時，她是那麼天真爛漫，無憂無慮，永遠不會為世俗生活而苦惱，她多會隱藏多會演戲，差點就上她當了。有一次她跟我訴完苦後，最後來了一串振聾發聵氣壯山河排山倒海的提問：

「你說他老是撒謊，怎麼辦？怎麼辦？怎麼辦？怎麼辦？怎麼辦？怎麼辦？怎麼辦？怎麼辦？」

其實很好辦，看你錢包有多少錢。也不要很多錢，能上普通館子就行，要幾個菜開瓶酒，為他兒子會撒謊而舉杯同慶。會撒謊，至少說明具備了這麼幾個能力：有語言；有語言理解能力；有表達能力；有想像力；有自信；有表演才華；有情緒。愛撒謊尤其還能屢屢得手，說明他的認知能力比別的孩子更強。我不是亂說的，一個美國的專家就說了，撒謊是一項複雜的大腦思維過程，撒謊成性而且還能成功的人，具備比別人更高的思維和推理能力。……所以，如果我兒子會撒謊，對於我來講絕對是個好消息，僅次於聽到說中國人平均 GDP 超過日本、朝鮮政權平穩過渡。要是哪天有人過來跟我說：「你兒子最近總是撒謊。」我馬上就給他一個大紅包，下樓放掛萬響的鞭炮，上電視臺為父老鄉親點播一首《今天是個好日子》。

但是，那個人遲遲未到——是不是我家門鈴壞了？

接下來我的工作很明確：訓練兒子撒謊。

「爸爸，我洗過手了，我可以吃了嗎？」——他伸手拿蘋果時手上還有未擦乾的水，真的洗過了，不能給。

「爸爸，我洗過手了，我可以吃了嗎？」——他的手就像剛摸過煙囪，很棒，可以吃了。

「爸爸，我的鞋子壞了，你能幫我再買雙新的嗎？」——鞋壞得不能再壞，五個腳指頭全露外面，不買。

「爸爸，我的鞋子壞了，你能幫我再買雙新的嗎？」——這小子正用鋸子在鋸鞋呢，買。

「爸爸，老師讓我們交錢買作業本。」——用不著打電話問老師，他壓根兒就沒上過學——五百元夠嗎!?

……

他撒一個謊，好棒，獎勵一個棒棒糖。又撒一個謊，真棒，獎勵……又撒了一個，不行，這不是謊言這是大實話，哪能說實話，以後去社會上怎麼混，三天你都別想吃棒棒糖，必須懲罰他。我可能是全世界絕無僅有的家長。

他出口成謊滿嘴謊言的那一天，我就能坦然面對列祖列宗——你們的後代小喜禾也不差，他跟大夥一樣也會撒謊了。

但是很遺憾，我兒子可能一輩子都不會撒謊——不是因為他沒有這個能力，是我太相信他的人品了，世界上再也找不出一個比他更天真善良純潔本分的孩子了，他居然認為電話是可以吃的。

27／這是奶奶

喜禾快三歲了才見到奶奶。

他一歲的時候，春節時本想帶他回老家，考慮到湖南氣候、環境跟北方相差甚大，他還小，萬一有點感冒發燒就那麼幾天不夠折騰的，想等他大點再說，當年沒回去。他兩歲的時候，春節時想帶他回去讓奶奶看看，那時我們還不知道他有自閉症這回事，就是覺得他跟別的小孩不一樣，難帶，非常難帶，考慮到路途遙遠春運期間人又多，最後還是我一個人回去了……所以喜禾三歲前，一直沒見過奶奶。

這期間，家裡倒是經常有人來北京看喜禾。每次有人來過後，我媽就會在電話裡嘮叨：「現在只有他爺爺、大伯父、大姑、大姑父、大嬸和我沒見過喜禾了。」我媽有一張「沒見過喜禾的人」名單，眼看著名單上的人越來越少，我媽的語氣也越來越落寞：「現在只有他大姑父、大嬸和我沒見過喜禾了。」、「現在只有他大姑父和我沒見過喜禾了。」……再後來，「沒見過喜禾的人」名單上只剩下了她一人。

又一年過去，喜禾三歲了，又到春節，這次我早早就不打算帶他回去，跟氣候無關，跟路途無關，我就想在北京待著，哪兒都不去。打電話回家，我媽問：「春節帶喜禾回來嗎？」我說沒想好呢。隔天她又問，我還是回答說沒想好。後來她就不再問，反倒替我找理由：「不回來也好，湖南太冷，喜禾太小了，等過完年，八九月天氣好的時候再說吧。」、「九月份我七十歲擺酒席的時候你們都回來，那個時候不冷不熱，正好……」她這麼一說，我反倒覺得該回去了。喜禾都三歲了，還沒見過奶奶呢。

喜禾三歲的時候終於見到了奶奶，但是不認識。

「這是誰？」問他，他看都不看一眼。

「這是奶奶，叫奶奶。」他聽不見。

我媽維護著喜禾：「他當然不認識我了，原來都沒見過。」又像是說給自己聽，「過幾天他就認識奶奶了。」

過了幾天，還是不認識。但是他認識鴨子了，鄰居養了幾隻鴨子。「鴨子，鴨子。」見到鴨子，不需人問，他自己就先叫了出來，然後就追，見一次就追一次，追得鴨子滿地竄。有一次他把鴨子逼到死角，鴨子的本能都被啟動了，嘗試著展翅。如果我把喜禾丟在老家一年，明年春節再回去，喜禾有沒有變化我說不一定，但那些鴨子肯定都變成了天鵝，在屋頂上飛來飛去。但是鄰居就會跟我抗議：「現在我自己養的鴨子都不能殺了，成了國家保護的野生動物，你兒子太討厭了。」

「他連鴨子都會叫，怎麼就不會叫奶奶呢？」在他心裡她還不如一隻鴨子，我媽想不通。在他心裡我還不如「秘密頻道」呢，每次看到秘密頻道，他就會叫出來，但就是不會叫「爸爸」。

我媽沒放棄，一有空就往喜禾身邊湊：

「喜禾，我是誰？」

「我是奶奶，叫奶奶。」

「叫奶奶給你糖吃。」

……

屢試屢敗後，我媽迅速找到了原因：「我知道了，他不懂我說的話。」

喜禾從出生到現在，一直生活在講普通話的環境中，沒聽過家鄉的方言。

「我講普通話他是不是就聽得懂了？」我媽問。

「你講普通話我都聽不懂了。」我說。

我媽一輩子沒說過一句普通話，將近七十歲的時候為了跟她的孫子喜禾交流，開始學習說普通話。看到她對喜禾說著普通話，那麼認真，那麼努力，那麼費勁，我在思考一個問題——她憑什麼認為她說的就是普通話？到底哪來的自信？

我再也受不了她那些自以為是的普通話，有一次看到她興致勃勃用普通話對喜禾說話時，我忍不住打斷：「媽，你還不是趙忠祥（央視資深主播）呢，就算你是趙忠祥，他也聽不懂你說什麼。」

我的話給了她沉重一擊。她手裡握著一粒糖——本來打算作為喜禾叫奶奶的獎勵，她一把把糖塞進了自己嘴裡，還嚼得嘎巴響——想證明自己牙齒好？想代言牙膏廣告？不過話說回來，都七十歲了還有這麼一口好牙，確實難得。問題是，她能吃出甜味來嗎？

傍晚時分，看到我媽在列祖列宗的牌位前喃喃自語——這次說的不是普通話了——終於不說普通話了，謝天謝地謝祖宗。南宋時老祖宗從河南內遷到湖南這塊小地盤上，就此紮下了根，世世代代沒走出去過，跟他們說話真的用不著普通話。

我兄弟姐妹多，我媽孫子孫女加一塊都快上十個了，但我知道，她最心疼最牽掛的還是喜禾。春節在家那幾天，她追著喜禾屁股轉。跟我一樣，喜禾每一點微不足道的進步都能帶給她巨大的欣喜、安慰。有一天她跟我說：

「喜禾說話真好聽。」

我說：「他說過話嗎？」

喜禾嘴裡嘰哩呱啦單音節的詞就沒停過，語言最重要的一個功能就是交流，在語言學家眼裡那談不上是語言，我站在專家這一邊。

我媽說：「那不是說話嗎？」

我說：「那是說話嗎？」

我媽說：「那怎麼就不是說話了？」她有幾分不悅，「我的孫子一點都不傻，聰明著呢，說話比誰都好聽，我就喜歡聽他說話。」

好，你贏了，不跟你爭。

喜禾在老家很開心，每天跑來跑去，嘴裡照舊嘰裡呱啦地念叨著誰都聽不懂的話。但是，他奶奶聽得懂，至少表面上看是這樣。無論喜禾說什麼，他奶奶就熱切地附和著，時而點個頭，時而嗯啊幾聲，有時還說上幾句：

「對，這是臘肉，這個肉是沒有污染的，你們在北京是吃不到的，我給你爸爸也準備了幾塊，帶回北京去吃。」

「這是麻將，打麻將是賭博，是不好的，以後你不能賭博，要聽奶奶的話知道嗎？麻將也要少打。」

「這是水缸，水缸是裝水的，人渴了就要喝水，餓了就要吃飯，累了就歇會兒。但人不能總閒著，要找點事幹。」

「這是洗衣機，你大伯給奶奶買的，奶奶老了手不能浸水……爸爸媽媽對你這麼好，等他們老了也給他們買個洗衣機。」

……

我哥的小女兒，比喜禾小八個月，奶奶要是說她幾句，她立即給予反擊。我兒子不一樣，不管奶奶說什麼，他都虛心接受，不會生氣，不會不耐煩，也從來不反駁。這一點，他比所有孩子都表現得好，著實讓人驕傲。

只要給喜禾吃的，我們都會習慣性地問：「喜禾，這是什麼？」我媽很快也學會了，照葫蘆畫瓢，給喜禾吃點東西，都要先來一句：「喜禾，這是什麼？」現在的零食形形色色五花八門，很多問喜禾的她自己都叫不出來。形成習慣後，有一次她給我一個橘子，緊接著就是一句：

「這是什麼？」

當下大家都笑了，後來，全家人都學會用這個開玩笑，一人給另一人東西時，都會來上這麼一句，然後期待笑聲。

是很好笑，但不一定都好笑。有一次我哥的小女兒拿著盒牛奶在問喜禾：

「這是什麼？」

「牛奶。」喜禾說。

「這是什麼？」她又問。

「牛奶。」喜禾說。

「這是什麼？」她繼續。

「牛奶。」喜禾說。

……

喜禾都告訴多少次牛奶了，你倒是給啊，還不給，還問。我必須出馬，結束這場沒有盡頭的拉鋸。

「兒子，這是牛奶，你說對了，你很棒！不用因此懷疑自己，更不用因此懷疑人生。」

我媽不缺人叫「奶奶」，那麼多的孫子孫女，但她最想聽的是喜禾的一聲

「奶奶」。喜禾在糖果的誘惑下叫了一聲「奶奶」，她高興得要跳起來：「你們聽到沒有，喜禾叫奶奶了。」接著她開始分析，「喜禾叫奶奶，說的是你們北京話嗎？就是普通話吧!?我怎麼還聽出有一點東北口音？」

我媽不但有一口好牙，耳朵也很靈敏。她怎麼保養的？

我耳朵不好，什麼都沒聽出來。就那麼兩個字，能聽出朵花來？

幾日後，我們要回北京了，臨走，又讓喜禾叫「奶奶」。

喜禾嘴裡迸出了兩個音，我無法確定是不是在叫「奶奶」，也許就是，不過他用的不是漢語，——烏爾都語？突厥語？斯瓦希里語？或者阿拉伯語？……不知道。全世界現存的語言有兩千七百九十六種——法國科學院最新統計結果。讓我媽一個個分析去吧，反正她也沒事幹。明年回來，希望她能告訴我們結果。

28／這是煨雞蛋

春節在老家，有一天我姐夫提著一桶鱔魚來了。

我明白他的意思，喜禾身體不靈活，動作不協調，而這恰恰是鱔魚的優勢，取長補短，吃了鱔魚他就跟鱔魚一樣靈活了。姐夫以前就跟我說過這事，但我沒想到他來真的。我說：「猴子呢？不是讓你弄隻猴子的嗎？」如果吃了鱔魚就能跟鱔魚一樣靈活，那更應該吃猴子，跟猴子比，鱔魚算什麼？姐夫說：「去哪兒弄猴子？」是啊，猴子不好弄，湊合著吃吧。

我把喜禾抱過來，問：「這是什麼？」他當然不會知道，他都沒見過。「這是鱔魚，知道嗎？吃了你就跟牠一樣……也會鑽洞。」說實話，以前我對兒子有很多期望，那些期望儘管也有些不切實際，比方獲個諾貝爾文學獎之類，但從來都沒敢奢望將來一天他還能鑽洞。計劃趕不上變化。

我聽到過形形色色的偏方，吃鱔魚相比算是最沒有想像力的了。有一次有人在網路上對我說，給喜禾吃蚯蚓，蚯蚓還必須是子時挖的，放炭火上燒紅為末，口服，一天一次，吃上七七四十九天，保證見效。我就納悶了，吃鱔魚治自閉症藥理方面的依據我暫時不知道，取鱔魚之靈動去彌補喜禾之笨拙，邏輯方面還是有一定說服力的，也算是局部的對症下藥。但這個蚯蚓……牠身上有何長處可取？他沒正面回答，只是說了偏方的來源、奇效，還說前幾天還有個牛皮癬患者用他推薦的這個方法康復了。「牛皮癬？」我反問，「我什麼時候說過我兒子有牛皮癬了？」他說：「沒有嗎？你稍等。」幾分鐘後他問我，「不好意思，請問你是樂樂爹嗎？」

我媽也打聽到了很多這種偏方，一次打電話，跟我說哪兒有個仙姑如何之靈驗，喝她一碗水百病全消，連外省的達官顯貴都不遠萬里前來拜神，我媽讓我也試試。子不語怪力亂神，除了達爾文之外，我最相信的是孔夫子的教導，對怪力亂神一向敬而遠之，也不相信所謂的民間偏方，沒等我媽話說完，我就把電話掛了，半個月都沒打過一個電話回家。此後，我媽再不敢在我跟前提及，當然，她內心是蠢蠢欲動伺機而動的。春節回家那幾天，言語中隱約她又有那個意思了，雖然沒明說。有一天，我看到她背著我給喜禾吃東西，看到我來，還手忙腳亂地藏了起來。

我問：「媽，你給我兒子吃什麼呢？」

我媽說：「沒吃什麼，糖。」

我說：「給我也吃吃。」

我媽說：「吃完了。」

我說：「你手裡不是還有嗎？」

我掰開她的手，發現半個熟雞蛋，接著我又從她的衣服口袋裡掏出了一個雞蛋，蛋殼上面還繫著一根黑繩——煨雞蛋。

只是吃個煨雞蛋，不值得大驚小怪，但事情不是這麼簡單。我們老家有個習俗，凡事問仙姑，大到生老病死，小到找不到鑰匙。點上三根線香，燒幾張紙錢，仙姑給你卜上一卦——鑰匙就在堂屋八角桌下的灶台裡，你快回去找吧。果然，鑰匙就在八角桌下的灶台裡，不但自己的鑰匙找到了，還發現了鄰居的鑰匙。現在，每次我手機找不到，就非常懷念仙姑。除了問因果，仙姑會給你幾升米——米裡面都是燒紙灰，幾個煨雞蛋——是用粽葉包著雞蛋，再捆上廢紙去葉，放水裡浸濕後，埋入柴火灰中煨，一段時間後再取出，就成了煨雞蛋，去紙，剝殼取蛋，外觀金黃，很香，我小時沒少吃。煨雞蛋和幾升米的神奇之處在於，仙姑下了咒語賦予了它們神力，吃了逢凶化吉病去災消。

有煨雞蛋，就說明我媽背著我找過仙姑。我很生氣，我說：「為什麼給我兒子吃這個？」、「吃了好啊，煨雞蛋……」她還真的打算就煨雞蛋的神效做長篇大論，我一點兒不給她機會：「他不吃，以後別給他吃這些亂七八糟的。」抱上兒子我就走了。我媽愣在那裡，手裡還拿著吃剩的半個煨雞蛋。我走了她就把半個煨雞蛋塞進自己嘴裡，倒不一定是乞求逢凶化吉，她捨不得浪費東西，況且還是這麼有營養的雞蛋。

晚上我哥找我談話，他沒開口之前我就知道他為何而來。我說：「她明明知道我反對這些亂七八糟的。」我哥沒著急說話，從我那裡拿了根菸點著，抽完，然後說：「一會兒我給你幾包好菸。」接著又說，「喜禾進步很大，比我上次到北京看到時好多了。」我說：「就那麼回事吧。」又補充，「進步大不一定就是好事，基礎很差的人才會有進步。」我哥問：「喜禾還一直在機構訓練呢？」我說：「不去機構還有別的辦法？」

一會兒我們就沒話可說了，我正準備走，他把我拉住，「再說幾句。」接著，他連珠炮似的問了三個問題：

「自閉症的病因現在醫學界有說法了嗎？」

「治療的方法出來了嗎？」

「什麼時候能出來？」

……

一個我都回答不上。有一次我去參加一個活動，碰到一個致力於自閉症研究的醫學博士，我向他打聽自閉症最近的研究成果，問的也是這幾個問題：

「病因方面有說法了嗎？」

「有效的治療方法出來了嗎？」

「還沒有，那什麼時候有，我們還要等多久？」

……

博士態度是誠懇的，看得出來是真心想幫助我們，幫助這個族群，但他也只有態度，我真想要的，他都給不了。

「相信科學，相信戰勝自閉症的那一天一定會到來。」博士說。

人類都上月球了，我能不相信科學？而且我也還相信，等人類登上火星之後，科學家就會騰出手來解決自閉症。所以我當務之急，是配合科學，保證喜禾活到五百歲。——但我保證不了，我只能保證不掐死他。

那天我跟博士說了真心話，雖然我旗幟鮮明地反對迷信，但再這麼等下去，搞不好哪天我真的投身去了另一個陣營。封建迷信民間偏方怪力亂神效果暫且先放一邊，至少人家給了我一個明確時間——按照他們的方法做，只要——七七四十九天。

我哥說他也不信那些怪力亂神的東西，但又說：

「如果目前的科學都束手無策，而且又無害，其實信信也無妨。」

他還說：

「喜禾是你的兒子，但不僅是你兒子，他也是爺爺奶奶的孫子，你不信不去做那些，你認為是對喜禾好，但他們那麼去做其實也是認為對喜禾好，都是對他好。」

他接著又語重心長地補充了一句：

「爺爺奶奶有權利去做他們認為對他好的事情，那是老人的一份心意，他們用這種方式愛他們的孫子。」

春節後回北京時，還有幾個煨雞蛋沒吃完，我都帶走了。回北京後也沒有給兒子吃——不是出於反對迷信抵制煨雞蛋，熟雞蛋放了那麼多天，從健康的角度來看是不能再吃的。有一天半夜，我下棋下得饑腸轆轆，翻遍冰箱能吃的只有冰塊，我一股腦把那幾個煨雞蛋全吞下了肚。別說，那幾個煨雞蛋還真有神力，吃了後我一盤都沒再輸。

戰無不勝的煨雞蛋萬歲！

29／這是護照

有一個階段我兒子愛咬人，正逗著呢他張嘴就是一口，在懷裡一直好好的，突然對你肩胛就是一口，高興了就是一口，不高興了也是一口，要求得不到滿足就是一口，要求他壓根兒就沒提也是一口，猝不及防、防不勝防。這都發生在他一歲半到兩歲半的這段時間，以兩歲到兩歲半為烈，兩歲半以後咬人的行為突然就消失了，就像當初來時突然。

喜禾最早是外婆帶，後來是媽媽帶，一天如果有二十五個小時，那喜禾就在媽媽身邊待二十五個小時，所以，他媽媽被咬的次數也最多。有一次他媽媽脫下衣服，身上遍佈喜禾咬過的傷口，深的、淺的，新的、舊的，圓形的、橢圓形的——為什麼一個方形的都沒有，誰能解釋？當時我對她說了一句話：

「你最近總出國啊？」

她愣住了，沒聽懂——顯然又是一個失敗的玩笑。妻子身上全都是牙齒咬的傷口，在我看來，她的身體就像一本蓋滿了戳的護照，在護照上蓋戳的國家還很多：泰國、埃及、英國、美國、巴西、巴林、蘇丹、菲律賓、新加坡、土耳其、安哥拉、馬來西亞、澳大利亞、尼日利亞……以上這些國家中我有三個發現：一、第三世界國家居多；二、其中最美的國家是泰國——泰國位處妻子脖頸下，那位置俗稱美人谷；三、百分之九十八的國家都位於南回歸線以北，其中處於北緯三十三度上的國家就有四個——這不是巧合吧，誰能解釋？看到妻子那樣子，我心疼極了，我對妻子說：

「以後，我們只去先進國家，好不好？」

兒子咬人，我也不能倖免，雖然我早就加強了防備，但還是一次又一次地爹入兒口。他嘴張大著——這是表示想跟我們親嘴，面對兒子的熱情，我膽怯了，我猶豫了，昨日慘痛的一幕猶在眼前……

昨天，我帶他出去，上樓梯，我說：「喜禾，親一下。」聽我說完，喜禾把小臉湊了過來，接著嘴張開，我把嘴湊了過去，兩片嘴唇成功對接，維持了七秒，之後我準備結束這個動作，就在這一刻，我的下唇被他狠狠咬住了。當時有多疼，我不想說，訴苦不是我的風格，但是我可以跟你分享一些細膩的感受：我赤腳站在北極，還踩到了一根豎插著的針，在暖風機前我漸漸融化甦醒，我移動時發現兩個腳趾頭留在了原地……所以，今天，他嘴又張大著，小臉湊過來時，我的內心正在發生一場激烈的槍戰，「噠噠噠噠噠噠噠噠」、「嗖嗖嗖嗖嗖嗖」、「砰砰砰砰砰砰砰砰」、「轟」……最後，感情戰勝了恐懼，「十八年之後我又是一條好漢！」我閉上眼，以就義的姿態，再次把嘴唇湊了過去。「五、四、三、二……該咬了吧」，我等著那最後一下，沒有，真的沒有！這次我兒子沒咬我，只是親了一下，單純地親了一下，我太高興了，太興奮了，「兒子，你真棒！」我又親了一口——被咬住了，他以迅雷不及掩耳之勢咬住了我的下唇——看過《動物頻道》嗎？響尾蛇怎麼捕獲獵物的？我還想跟你分享一下感受：不好意思，我又去了一次北極……。

那一陣子，我跟妻子舉案齊眉相敬如賓，每當喜禾要親熱時，妻子總是先想到我：

「兒子，爸爸很愛你，去親爸爸。」

我也總想到妻子：

「兒子，媽媽帶你很辛苦，去親一下表示感謝。」

……

那一陣，我們夫妻彼此取笑：

「老婆，你怎麼又在吃香腸？」

「老蔡，香腸你怎麼也不放微波爐熱一下就吃了？」

——我們夫妻倆的嘴唇都腫脹著，近似香腸。嘴唇因為腫著，說話都不流利，有一次我對妻子說：

「你在說什麼？聽不清。」

「你說什麼了，說清楚點。」

「聽不清！」

……

那段時間連抱他都畏之如虎，帶他出門，他要賴非得要我抱，說不定什麼時候他對我脖子就是一口，抱著他就像抱著一顆隨時會爆炸的炸彈，一路上我都在期待：應該是現在了吧！該咬了吧！怎麼還沒咬？還是咬過了我已經麻木到沒感覺到……有個經驗跟大家分享一下——不是我去北極了——一件命中註定的事情，總會在你以為不會再來的時候到來——在我最放鬆的時候，他對準我的脖子就是一口。

白雪皚皚的北極大陸上，出現了一個赤腳男子……

看個電視都不安穩，我喜歡的 NBA 球星柯比正在表演暴扣，接著我感覺大腿一陣酸疼，低頭一看，我可愛的兒子還咬著我大腿沒放呢。照此下去，很快我也會有一本護照，但我不要去那麼多國家，我只想去泰國，翻開我的護照一看，蓋的戳全是：泰國、泰國、泰國、泰國、泰國……一個泰國就去了那麼多趟，我得多麼喜歡這個國家。

被他咬了再疼都不能叫出來，忍著，裝得若無其事就好像此事根本沒發生過一樣——不能讓他從我們的反應中發現樂子，從他人的痛苦中獲得快樂是普遍人性，我兒子也不例外。雖然我希望兒子快樂，但我不想他透過這種形式——

咬爸爸媽媽獲得快樂，天下的人那麼多，眼界應放寬點，別一天到晚只盯著爸爸媽媽。

每次兒子一咬，我們都很淡定很從容，還很考驗演技。

最初我的表演可以用完敗來形容，「這點小痛還受不了？」、「表情用得著這麼誇張嗎？」、「有那麼痛嗎？」妻子對我諸多不滿。

「我這輩子是沒希望拿到『小金人』了。」我對自己的表演事業徹底喪失信心，一度心灰意冷。

「好演員不是天生的。」這是俄國戲劇理論家史坦尼斯拉夫斯基的名言，他接著還有一句補充，「這就是為什麼世界上同時存在著整型行業。」

我妻子是一個好演員，演出之餘不忘指導我，「你以為我不痛，你以為我不想喊出來，知道我是怎麼做到的嗎？受不了的時候就掐自己，狠狠掐，掐到忘了他在咬你為止。」

我妻子不但是個好演員，更是一個好老師，在妻子指導下，我的表演藝術進步神速。「你還真會演，演得還挺像，我都差點被騙了。」有一天妻子表揚我，「我打電話問了，你根本就沒去開會，根本就沒有會要開，昨天晚上你到底跟誰在一起？」

機構的老師更會演戲，喜禾上課時突然就是一口——老師在表演一個沒有知覺的人，喜禾接連幾口，老師還是沒有任何反應，只是把他坐姿扶正，繼續上課，那種不露痕跡那種輕描淡寫那種雲淡風輕，高山仰止——特殊學校的老師很不容易，不但不能體罰學生，反過來還要受學生體罰，他們所做的一切很偉大，感謝他們。

有段時間我們把喜禾送去了幼稚園，我們真擔心他把這個習慣也帶了過去，現在的孩子都是寶貝，咬誰一口都夠我們煩心，那段時間提心吊膽，害怕幼稚園老師打電話。怕什麼來什麼，一天下午，我在咖啡館寫點東西，電話響了，妻子打來的。妻子說，幼稚園老師打電話來，喜禾咬人了。

五雷轟頂，我顧不上收拾電腦，開車接了妻子直奔幼稚園。

喜禾咬的是一個小女孩，不是很嚴重，但程度再輕，也是咬了。幼稚園老師說了事件經過，小女孩從喜禾身前走過，喜禾抓起她的手，來了一口……我們以喜禾的名義送了小女孩一個小禮物，算是道歉、算是安慰，但怎麼做都減輕不了我們內心的罪過，然後，忐忑不安地等著小女孩的家長過來。

家長來了，家長很心疼——誰不心疼，後媽都有會心疼的。我跟妻子賠禮道歉，家長通情達理，不但沒有追究，反倒寬慰我們……我不喜歡說煽情的話，但我還是要說：人間處處有真情。

喜禾在幼稚園咬人就這一次，總體來說，喜禾還是個與人為善討人喜歡的好小孩。

自從喜禾有了咬人的習慣後，我的朋友分成了兩種，被喜禾咬過的，以及被喜禾咬過多次的。如果沒被喜禾咬過，咱倆的關係充其量也就吃吃喝喝了，朋友談不上。

好在，喜禾這個習慣很快就消失了，要不然，不用多久，我身邊的人都會擁有一本護照，就顯不出我的獨特來了。

30／這是煙火

大年三十晚上，家人在放煙火，我獨自在屋內看著電視。「叔叔，出來看煙火！」姪兒在門外喊，我沒理會，繼續看電視。「叔叔，快出來啊！」一會兒姪女又來喊，我裝作沒聽見，繼續看。最後我媽來了，想說什麼又沒說出口，走了。

去年過完春節沒幾天，我帶兒子去了醫院，半夜排隊掛號時，凍腳，當我活動身子時看到花叢裡掛著一個紅包，我明知裡面不會有錢還是撿了起來——我心裡還是帶有一絲僥倖的，說不定就有奇跡呢！紅包裡面沒錢，兒子也確實有問題，一切都如我所料。轉眼又到春節，我實在提不起精神來，而且節日氣氛愈熱鬧我內心愈慘澹。後來我還是去看煙火了，一個煙火騰空而起，接著在空中綻放，現在的煙火製作工藝真的進步神速，「火樹銀花」、「美不勝收」、「光彩奪目」……我小時學的成語都被啟動了。

「好看嗎？」侄兒問我，我點點頭。

「你看過比這個更好看的煙火嗎？」侄兒又問。

別說，我還真的看到過，時間是三個月前的一個下午，地點是喜禾接受訓練的機構。

喜禾兩歲多就被我們送去自閉症康復機構，被迫認識卡片上的事物、服從簡單的指令，每天都如此，他才那麼點大，本該在爸爸媽媽跟前撒嬌的年齡，卻開始乏味的學習了，看了很心疼，沒一個家長願意把孩子送到這種地方來，都是沒辦法。

機構裡大大小小的孩子二三十個，都跟喜禾一樣，單純可愛。諾貝爾和平獎應該授予這家機構，你看這幾十個孩子在一起從來不會打架，臉都沒紅過一次，當然他們誰也不會看誰一眼。

這些孩子被送來機構學習，他們的能力有限，大部分的課程需要家長在一旁協助。有多少個孩子，就有多少個家長，家長男女老少都有，女家長居多，其中還有不少白髮蒼蒼的老人家，每個家長都緊緊地牽著自己孩子的手——這群孩子的共同點之一，就是身上都像有一個上緊了弦的發條，時刻準備著在你撒手的那一刻，立即跑開，一跑就是很遠，有時馬上能追回，有時要追好幾天——天知道跑哪兒去了。

有一次聽到一個媽媽在哭訴，「我就繫一下鞋帶……」媽媽繫鞋帶也就一分鐘，但孩子能跑出去好幾天——出門就上了一輛公車，又換了一輛公車……幾天後派出所打電話過來，「你們是不是丟了一個孩子？」

我喜歡看孩子們上課，尤其是集體上課時，一次戶外進行的運動課，老師在前面喊著口令：「一二一、一二一……」孩子們跟隨在後——嚴格地說，是家長牽著、拉著或拖著孩子跟隨在後，那麼多孩子就看不到哪一個是踩在節拍上的，老師喊著「一二一」，孩子們聽到可能是「四五六」，踏出的卻是「七八九」，總之亂成一團，反倒是家長在老師的口令引領下，步伐齊整、神情專注、精神抖擻，我耳邊彷彿聽到了一個激昂的聲音：

「他們邁著堅定的步伐正向主席臺走來，他們有老有少，有男有女，有工人有農民，有退休幹部也有工人，他們都有一個共同的名字——自閉症兒童家長。」

這支由家長和學生組成的隊伍，在操場來回走著正步，我在旁邊靜靜觀察他們。

走在第一個的是一個中年男子，這些家長中就數他的姿態最標準，他若穿上軍裝就是一個標準的軍人，但是他的表情太嚴肅了，一直若有所思。他在想什麼呢?他是想起了上一次走正步的時光嗎?他看上去有四十歲了，估計他上一次走正步還是二十年前大學軍訓時，穿著綠軍裝的他一掃學生的稚氣，英武挺拔，一個星期後他就成了教官最喜歡的學員，每次走正步，第一排第一個就是他。

有位媽媽已經體力不支了，但沒有一點放棄的意思，牽著兒子的手一直跟在隊伍後面，為了不掉隊不時就要快走兩步，她努力想給兒子做個好榜樣，她的兒子不願走正步一直想掙脫，媽媽就牽著兒子的手，更緊更用力。但也太用力了，下課後看到她兒子一直在輕揉活動那隻被牽的手的手腕。他也試圖告訴過媽媽輕點吧，但他跟我兒子一樣，不知道怎麼去表達，只能忍受，只能事後輕揉手腕。

隊伍中最不專心的當數那位穿紅衣服的媽媽，雖然兒子都四歲了但看上去還是很年輕，一直心不在焉，隊伍要經過一個人孔蓋，人孔蓋上有一個小洞，路過時她試圖把一塊小石子踢進孔裡，沒踢進去，隊伍折返回來再次路過人孔蓋，她又在踢那塊小石子入洞，這次差一點就成功了……不是第五次就是第六次，她終於把小石子踢進了小洞，但從她的臉上也看不出成功後的喜悅，看上去她什麼都不想，一點心事都沒有。她是不敢去想吧，避免去想吧，生怕一想就收不住，不該太早結婚，不該太早要孩子……最不該的是沒聽媽媽的話，沒讀個大學。讀了大學就不會認識現在的丈夫就不會有這個兒子就不會來這裡走正步了。想了很多之後，她最後覺得，還是什麼都不想的最好。

我兒子還小，戶外運動課暫時不用上，將來哪一天，我可能也會出現在走正步的隊伍中，我不能保證姿態標準，但我能保證不會脫隊。

每次看他們上課，我都會冒出各種聯想，都會有各種感受湧上心頭，但印象最深感觸強烈的還是三個月前那個下午的運動課，那次是跑步比賽，人員變化不大，還是這群家長和孩子——機構總有孩子進進出出，但進來的不一定是新面孔——有時某個家長覺得自己的孩子訓練得差不多了可以去正常學校，結果一個月都不到又回來了；有時某個家長覺得筋疲力盡、油盡燈枯需要回家調整調整，但還是以新面孔居多。

家長各自牽著自己的孩子在起跑線上站成一排，就等老師一聲令下。「開始！」

老師說完開始，家長即刻鬆手，這時我沒想到也從未看到過的一幕出現了——家長鬆手後，這些孩子猶如亂箭齊發，射向東南西北各個方向——也有個忘了發射停在原地的，如果這些孩子有翅膀會鑽地，天上地下估計都少不了。當時我的第一反應就是：

「哇，好漂亮的煙火！」

家長一鬆手孩子們四散開去那一瞬間，就是煙火綻放，操場上綻放了一個煙火，沒有比這個更準確更貼切更好的比喻了，跟真的煙火的區別在於：他們沒有非節假日不能放的限制。

我現在還經常想起那個下午，想起發生在操場上的那一幕，我想跟別人說——我，看到過世界上最美的煙火。

31／這是火車

有一陣，兒子每晚入睡前都會一直念著：「火車、火車、火車、火車、火車、火車、火車……」一會兒沒聲響了，我以為他睡著了，正要給他蓋被，他卻翻了個身，又開始了「火車、火車、火車、火車、火車、火車……火車、火車、火車、火車、火車、火車」。那一剎那，我分明感受到房間在震動，好像一列火車真的正從我家客廳穿過。半夜我睡得正香，又被火車吵醒了，睜眼一看，我兒子跪在床上，面朝東方，狀甚虔誠，嘴裡喊著：

「火車、火車、火車、火車、火車、火車……火車、火車、火車、火車、

火車、火車……火車、火車、火車、火車、火車、火車……」

春運早過了，還這麼一秒鐘一趟地發車，你們鐵道部還讓不讓老百姓活了？不行，我得把軌道給撬了。三下五除二，我一把就把喜禾攬進了被窩，眼看又一輛火車正要從他嘴裡開出，我眼明手快，一把封住他的嘴，威脅道：

「你再說一句火車，我把你們鐵道部都給炸了。」

也不知道是不是真的聽懂了，反正他有一陣沒動靜了——不會是把他捂死了吧？我當時竊喜了一下。被子一掀，他正對我笑呢。我說：「睡覺，兒子，今晚火車先開到這兒，明天起來你再開。」你說他這麼廢寢忘食地開火車，鐵道部到底給了他什麼承諾？

他乖乖地躺在那裡，我也睏了——剛才是強打精神，看他那樣子一會兒就會睡著，我一倒頭又睡著了。

我睡得迷迷糊糊，又聽到動靜——這次不是火車，不是！火車造不出這麼大的聲響，一睜眼，這小子正揮舞著雙手在床上跑著，嘴裡在喊：

「飛機！嗚——」

我崩潰了。那一刻我想到了二戰時期的倫敦大轟炸，想到了蘇聯紅軍轟炸柏林，想到冰箱裡打包回來的肥腸煲仔飯。

飛機繼續在我們臥室低空盤旋，時而一個俯衝，時而又直線拉升，時而一連串的高難度翻滾——真後悔那天沒買下愛國者導彈。我急了，上去就是抱腿，把他摔了個結結實實。我說：

「你以為你真是飛機？跟我裝什麼飛機，要裝也裝得像一點，飛機要是像你這樣艙門敞開，早就掉下去了。」——當時他的小睡衣扣子鬆了，「給我老老實實睡覺，從這一刻開始，我們家實行空中管制，沒有國家軍委主席的簽字誰都別想起飛。」

他總認為自己不是火車就是飛機，這都沒問題，小孩就需要有這種想像力，但他就不能認為是他爸爸的兒子一次嗎？跟扮演飛機、火車相比，扮演兒子更容易，不需要類比火車嗚嗚叫不需要伸展雙手做起飛狀，就一句臺詞「爸爸」。——或者他就是覺得扮演兒子展現不出他的表演才華，所以寧肯演火車、飛機。人各有志，不勉強。

很長一段時間，從我兒子嘴裡講出來的全是交通工具，「火車」、「公共汽車」、「飛機」……講得最多的還是火車。——他這是要逃跑嗎？可是，他又能逃到哪裡去呢，到處都是我們的人。那個每天在社區撿垃圾的老頭兒不是真的撿垃圾，他是我們的暗哨；那個送快遞的也不是真的送快遞，那個保全就更不用說了。別一意孤行，小朋友，哪天老子不高興了，一個彈道就把你擊毀在溫都爾汗。

那一陣他管我也叫「火車」，每次回家，他看到我就是一句：

「火車。」

我迎合他，「火車。」

他回敬我，「火車。」

我還禮，「火車。」

妻子說：「兩個瘋子。」

他又說了一句：「火車。」就一轉頭，火車駛向廚房。

我也說：「火車。」準備尾隨進廚房。

妻子說：「站住，換鞋。」

太多的東西能讓他聯想到火車。
兩根筷子連在一起，他說：「火車。」
使勁在拉電話線，他說：「火車。」
掰斷我的眼鏡架，他說：「火車。」
我很心疼，我說：「滾蛋！」
拉著我的手去看識圖卡，他說：「火車。」
那其實是長頸鹿的細長脖子，他說：「火車。」
新聞裡北京大塞車汽車首尾相連，他說：「火車。」
他又趴著睡著了，我想幫他翻個身，手剛碰到他，睡夢中他笑了一下，他說：「火車。」

聽到他在睡夢中說的還是火車，我突然有一種置身火車站月臺的傷感，我最親愛的人即將遠走他鄉，再見面不知是何時。

八月逝去　山巒清晰

河水平滑起伏
此刻才見天空
天空高過往日

有時我想過
八月之杯中安坐真正的詩人
仰視來去不定的雲朵
也許我一輩子也不會將你看清
一隻空杯子　裝滿了我撕碎的詩行
一隻空杯子——可曾聽見我的叫喊！
一隻空杯子內的父親啊
內心的鞭子將我們綁在一起抽打

——海子　《八月之杯》

32 / 這是花園

週末天氣好，小朋友就集中到了社區花園，喜禾還小的時候，我倒是常帶他去，他那時跟同齡小朋友的差距並不明顯，我都被蒙在鼓裡。花園有很多設施是專門給小孩使用的，看到別的孩子爬上爬下，玩得不亦樂乎，我也鼓勵喜禾去玩，但他沒興趣，他更喜歡站在馬路邊看汽車。據說全世界平均每兩秒就會有一起交通事故發生，有段時間我跟喜禾每天在馬路邊一站就是一兩個小時，一直都沒看到過，所以我覺得這個資料並不怎麼可信。

有一次喜禾發現了馬路中央的一條小狗，喜禾連連叫著「小狗」、「小狗」。那條小狗本來是想穿過馬路去對面，結果被困在了路中央，進退失據。沒有哪輛車會為牠停幾分鐘等牠過去，不值得。很快牠就會被碾成肉泥，然後再來一場雨，馬路上又乾乾淨淨了。喜禾還小，關於這條小狗的故事他還不懂，以後再跟他說。

路過花園，經常會看到追逐嬉鬧的小朋友，有時三四個，有時五六個甚至更多，不管人多還是人少其中都沒有我的兒子喜禾。別的小朋友在追逐嬉鬧的時候，他在家裡開冰箱門找吃的；別的小朋友在玩家家酒的時候，他在抽屜中找到了吃的；別的小朋友在吃的時候，這次同步了，他也在吃。

喜禾不喜歡花園，但我家的小狗喜歡——在那裡總能找到小孩拋棄或不小心掉下的食物。有一次小狗發現了半截火腿腸，火腿腸丟在那裡有段時間了，上面爬了厚厚一層螞蟻，小狗嘴上也沾滿了螞蟻。隔天早上就聽到妻子尖叫，「老蔡，家裡發現一隻螞蟻……不是一隻，兩隻……媽呀，怎麼這麼多。」她一生會有很多困惑，其中一個就是家裡的螞蟻是怎麼來的。

我也喜歡去那裡——我可不是衝著半截火腿腸什麼的，我更喜歡在那兒添我家的狗糧。花園屬於全體社區居民，就是說也有我的一份，雖然我很少用我的那部分，但我也要常去看看，這次又是誰家的孩子用了我那部分連一個招呼都沒打，這次又是誰家的孩子在屬於我的那部分歡樂啊。有一次是兩個小男孩，他們坐在我的那部分比誰的爸爸最厲害，一個說他爸爸會開汽車連飛機都會開，他爸爸最厲害；另一個不服氣，說他爸爸會修冰箱修洗衣機修電視機修電腦，說了一大堆電器，然後說他爸爸最厲害！那個爸爸會開飛機的小孩顯然被這一大串電器唬住了，生氣地走了。

看到他們在比誰的爸爸最厲害時，我就在想，如果其中一個是喜禾，他會怎麼說我？喜禾說：

「我爸爸最厲害了，他會做飯會洗衣服會換電燈泡會換自行車輪胎會寫文章會下軍棋會修椅子會打撲克還會說一點普通話……」

別，兒子，別太實在，打住吧，你這麼說你爸爸真還厲害不起來。兒子，這個社會你不懂，越是什麼都會的人就越不厲害，越是什麼活都幹的人越沒地位知道嗎？哪個皇帝會自己做飯洗衣服了？哪個老闆會自己換電燈泡修椅子？越厲害的人什麼都不會什麼都不幹。兒子，你真要想吹噓你爸爸厲害，爸爸教你一招，他不是說他爸爸會開汽車會開飛機嗎？你就問他一句，你爸爸想要多少錢一個月，說吧，我爸爸請了；他不是說他爸爸最厲害會修冰箱修洗衣機修電視機還會修電腦嗎？還是那句話，問他，你爸爸想要多少錢一個月，我爸爸也請了。……全世界都是給你爸爸打工的人，這樣的爸爸才最厲害。

所幸，我兒子不會跟小朋友比爸爸，他連爸爸是什麼都不知道。

還有一次，花園裡出現一隻馬蜂，連螫了好幾個小孩，一片鬼哭狼嚎。我當時又慶幸了一下——還好我兒子對花園沒興趣，避免了無妄之災。但剛慶幸完又很失落——我兒子連跟他們一起被馬蜂螫的機會都沒有。他應該跟小朋友在一起，而不是天天黏著爸爸媽媽，現代的育兒理念是爸爸媽媽做孩子的朋友，但爸爸媽媽這個朋友再好，充其量也只是一個山寨朋友，有一些歡樂、痛苦、憂傷、欣喜在你的人生裡必須有，而那些，爸爸媽媽是給不了你的，只有你的同伴能給你。

大河最終將流向大海。兒子，你終究要回到同齡人的隊伍中去，聽爸爸一句話——晚去不如早去。但現在別去，拉完屎再說。

33／這是憂傷

兒子，你知道蘋果香蕉杯子電視機，你知道飛機火車輪船攪拌車，這個世界你已經認識了九億分之一，你已經很棒了，但還有一些東西，多少你也應該知道一點，但是爸爸不知道如何跟你介紹，比方，憂傷……

別急著去廚房翻冰箱，冰箱裡沒有憂傷，也不用拉抽屜，玩具櫃裡也沒有憂傷，你是找不到憂傷的，它太狡猾了，躲在一個誰都不知道的地方，它沒有顏色沒有形狀沒有味道，你看不見聞不到摸不著，你想找的時候找不到，你不找的時候它突然就來了，比方，今天。

今天送你去幼稚園，到了門口，媽媽說：

「喜禾，要說——爸爸再見。」

你聽懂了，你說：

「爸爸再見。」

爸爸很高興，爸爸說：

「喜禾再見。」

接著你說：

「喜禾再見。」

……

你說完「喜禾再見」爸爸就笑了，爸爸笑完就憂傷了，憂傷來得是這麼突然，沒有一點鋪陳、過渡，口哨都沒吹一個，就這麼來了，打了爸爸一個措手不及。

你可能都記不起了，幾個月前的一天早晨，爸爸帶你下樓，正趕上清潔工人裝垃圾，一粒葡萄從垃圾箱中掉了出來，滾進污水溝裡，你撿起來就要往嘴裡送，你動作太快了，爸爸發現時你已經塞進了嘴，爸爸掰開你的嘴，你已經吞了下去。這事本來也不算什麼，你一貫這麼調皮，但是旁邊有個阿姨看到了，她問爸爸：

「他幾歲了？」

她不是真的想知道你幾歲，兒子，你太單純了，她話裡有話，你不懂但是爸爸懂，爸爸太懂了，她一問完，憂傷就來了，憂傷在阿姨的那句話裡。雖然已經是春天了，但這個早晨真冷，真想把全世界的棉被都蓋在自己身上。

你的小表妹只比你小八個月，小表妹用積木搭的房子真漂亮，還有一扇窗戶，但是你走過去一把就把房子給推倒了。這幾天你盡做一些惹小表妹不高興的事，爸爸坐了八個小時的火車，原本是想給你一個和小表妹認識的機會，希望你們成為好玩伴，我知道你是喜歡小表妹的，你也很想跟她一起玩，但是不知道怎麼跟她玩，所以你把小表妹的房子推倒了，小表妹說：

「我不喜歡喜禾，我討厭他。」

隨她怎麼說吧，反正你是不會在意的，你心胸寬闊是其一，主要還是你聽不懂別人說的話。你還是玩你自己的，從屋這頭跑到屋那頭，就在你又一次跑過去的時候，我看到你的小表妹抬腿要踢你，腿抬得很高很高，很高——她比你還小八個月呢。來了，憂傷來了，憂傷又來了，憂傷在你小表妹的腿上。

我們帶你去餐廳吃飯，你打碎了一個湯勺，你又打碎了一個杯子，你還把整碗飯都掉在地上了……沒關係，爸爸有錢，賠得起，只要你高興。吃完飯剛出門，爸爸發現車鑰匙忘拿了，又回去拿，爸爸看到服務員正在打掃我們剛才坐過的座位——真髒真亂。每次帶你去餐廳吃飯，我們桌子下面永遠是餐廳裡最狼籍的一桌。有一次旁邊一桌有一個和你一樣大的小朋友，但是人家桌子下面卻乾乾淨淨的，爸爸當時心裡想——那個家長吃飯時肯定把小孩手腳全綁了起來——要不然怎麼可能這麼乾淨！爸爸正走過去拿鑰匙的時候，聽到一個服務員對另一個服務員說：

「弄得這麼髒，家長也不知道管管，就知道自己吃。」

爸爸真不想去拿那把車鑰匙了，因為憂傷又出現了，就在座位下。

爸爸媽媽帶你去參加一個親子班的活動，活動開始時，老師一一讓小朋友上來介紹自己，叫什麼，幾歲了……從小朋友的自我介紹中，知道他們都跟你一樣大甚至還沒你大。媽媽那時可緊張了，爸爸知道，媽媽害怕老師叫到你，讓你上去介紹自己。你上臺會怎麼說呢？不，你都不會上臺，你不知道要上臺。老師說：

「下面請蔡喜禾同學介紹自己，蔡喜禾，你上來。」

你沒聽到，老師又在叫了：

「歡迎蔡喜禾同學上來。」

「蔡喜禾請上來。」

「蔡喜禾同學。」

「蔡喜禾！」

老師要是叫爸爸上去就好了，爸爸可會介紹自己了：

「大家好，我是蔡喜禾的爸爸，我叫蔡春豬，有時也叫蔡夏豬、蔡秋豬、蔡冬豬，春夏秋冬我都是豬……」

老師怕爸爸搶了別的小朋友的風頭，不敢讓爸爸上去，只敢叫你：

「蔡喜禾同學。」

「喜禾小朋友。」

「蔡喜禾。」

……

爸爸以為給你取了世界上最好聽的一個名字，但是你卻不滿意不接受不承認。

憂傷來了，憂傷這次黏在你的名字上。

你有自己的晾衣服的小衣架，你有比別的小朋友更多的小衣架——因為你每天要晾的衣服比別的小朋友多，你玩水龍頭把衣服弄濕了，你喝水把水澆自己身上了，你吃飯把衣服弄髒了，你尿褲子了……外婆在數你到底有多少小衣架：

「三十四、三十五、三十六……」

憂傷在你的小衣架上晾著呢。

你奶奶在聽一個仙姑說你的未來，你的大哥哥大姐姐們在看電視，電視裡有他們喜歡的汪涵（中國名主持人），奶奶說：

「電視聲音小一點。」

大哥哥大姐姐關心汪涵，關心汪涵的點點滴滴，喜歡的顏色愛吃的菜開的什麼車……他們不關心奶奶說了什麼，奶奶接著喊了幾次，都不見電視聲音小一點，奶奶走過去一把把電視電源拔了。

看到沒有，那就是憂傷，在電源線上。

你爺爺說，我們一家盡做好事，只做好事。你爺爺還一一列舉哪年哪月，又做過哪些好事——看到沒有，那就是憂傷，它在爺爺的每一個故事裡。

春節我們回北京的時候，你的大伯、二伯、大姑每人都要送你一個大紅包，你有個大姐姐剛領了薪水，也要送你一個大紅包——看到沒有，那就是憂傷，就在紅包裡。

有個叔叔生了個女兒，如果是以前，爸爸就會對叔叔說：

「說好了啊，以後你女兒就給喜禾做老婆。」

但是現在爸爸不會這麼說了，爸爸說：

「你女兒一看就是個美人胚子，將來一定很多人追。」

看到沒有，那就是憂傷，憂傷就在爸爸沒說出口的玩笑裡。

以後，如果我問：

「喜禾，這是什麼？」

你回答不出來憂傷，你不認識憂傷，爸爸不會生氣，爸爸會很高興。

憂傷不是什麼好東西，不知道也罷。

34／這是氣球

有一次在商場，我指著一個氣球問喜禾是什麼，喜禾說：「氣球」

他說完我立即把他舉得高高的，還不吝誇讚，「真棒！」這時旁邊飄來一個幽幽的聲音：

「這還棒呢，他有三歲了吧!?」

說話的是一位大媽，我粗略地觀察了一下她，我的結論是——估計她在三歲的時候，不但能認識氣球，還知道氣球和保險套的區別。

其實我很同意這位大媽的說法，一個三歲的孩子認識氣球，這確實稱不上棒。

三歲的時候他能背三十首唐詩，但有的孩子還能背出三百首呢——這還不能叫棒。

上了幼稚園他一次屎尿都沒拉在身上——這還不能叫棒。

他上了明星小學——這還不能叫棒。

數學他考了個全班第三，只是第三——這還不能叫棒。

他不用家長接送自己去上學——這還不能叫棒。

他考上了明星中學——這還不能叫棒。

他參加奧林匹克物理競賽但沒取得名次——這還不能叫棒。

他考上了北大但不是最理想的科系——這還不能叫棒。

他考上研究所了但學校不怎麼樣——這還不能叫棒。

他畢業後有了工作但沒進去大公司——這還不能叫棒。

他女友很漂亮但女方家裡是務農的——這還不能叫棒。

他婚姻很穩定但沒孩子——這還不能叫棒。

後來，他生了一個孩子——誰不會生孩子啊，這也不能叫棒。

……

到底要做了什麼才能叫棒呢？我的觀點是：當他什麼都不會做且做不了的時候，才會覺得棒。比方現在，我覺得我兒子就很棒，什麼都棒。

給他穿鞋子時知道配合地伸下腳了——真棒！

給他一塊餅乾時他先說了一句「我要」——真棒！

去「海底世界」，他對魚有了好奇心——真棒！

褲子掉了他知道拉起來，雖然沒拉好但有這個意識了——真棒！

他能坐在小馬桶上拉屎了——真棒！

他看了我一眼——真棒！

他又看了我一眼——太棒了。

那天他真的叫了一聲「媽媽」——真棒！

幼稚園的老師說他也能安靜地坐兩分鐘了——真棒！

他好像會跳了——真棒！

抱著他的時候，他會摟我們脖子了——真棒。

不牽他手他能跟在我們屁股後面走段路了——真棒。

他拿著一包餅乾我說去找你媽媽讓她幫你打開他真的聽懂了而且過去了——真棒。

……

我的要求只會越來越簡單，簡單到也許哪天看到他還在呼吸，我就覺得很棒——有個家長聽到我的說法，不只認同還非常羡慕——她兒子還戴著呼吸器。

35／這是菸

「這是什麼？」

「菸。」

我教過兒子很多東西，有的他記住了會說了，有的不會，但「菸」我從來沒教過，有一天他又把我的菸一根根地從中間折斷，打掃時我順便問了他一句這是什麼，結果他說出來了：「菸。」我是著急讓兒子認識我們生活的這個世界，但有幾樣，他一輩子都不知道的好，比如菸、毒品、賭博……。

我曾經戒過五年的菸，後來又抽了起來。一次有人問我：「你又開始抽菸了，是因為你兒子破的戒嗎？」我重新抽菸跟兒子什麼屁關係都沒有——除非想毒死他，當初戒菸跟他也沒關係，就是因為感冒了一天沒抽，覺得很好玩，我就想，可不可以再堅持一天？堅持了一天後又想，可不可以再堅持一天……一天一天地堅持，神不知鬼不覺居然一年都沒抽了，很有成就感，然後我就對「一天不抽菸」的遊戲上癮了，一玩就是五年。兩年前，突然覺得這個遊戲好幼稚，好無聊，又拿起了菸。但是那天別人問我是不是因為兒子的事重新又抽上的，我卻撒了謊，我說：

「是。」

這是因為我心虛吧，拿兒子開了不少玩笑，有的玩笑還很過分，很多人都以為我沒心沒肺。我重新抽上了菸，說明我跟大家一樣，還是有正常情感的人，知道難過，還知道用抽菸來緩解難過。但抽菸表示苦悶、難過，太露骨，主要還是我們的電視劇用濫了，我希望特立獨行一點，所以，我難過的時候，只想在網上打升級，連續打個幾天幾夜。

我這人很熱情，打牌之前會先跟大家打個招呼：「晚上好，三位雜種！」深夜還在網上打牌的人素質真的不怎麼樣，你看我多熱情，他們反過來罵我，全是髒話，別提有多難聽，後來再玩牌我就不敢打招呼了。

有一次玩牌，對家跟我配合很默契——打升級的人知道，遇到一個好對家多麼可貴，我太高興了，忍不住問了一句：朋友，你另一個爸爸是做什麼的？他暴跳如雷，當即就開始罵髒話，弄得我很下不了台。我不想跟這麼沒修養的人玩了，結果他不幹，我去哪兒他跟哪兒，還叫上好幾個人來洗我的版面，侮辱我，很掃興。人生經驗總結：不熟的話，千萬別問人家另一個爸爸是做什麼的。

我升級打得好，現在我的分數是九百八十多分，最高時有一千二百多，因為我牌不好就斷線逃跑，逃跑是要扣分的，所以分數老是上不去。有些怪人打牌時還設置了逃跑率的限制，我能選擇的牌友就越來越少，好不容易碰到願意一起玩的，他們一看我的逃跑率就不玩了，我想問他另一個爸爸是做什麼的機會都沒有。人生經驗總結：人生就是機會，你抓住了，你就上去了。

不打牌，心情不好時，我的另一種排遣方式就是散步，尤其喜歡半夜散步。有段時間整晚都睡不著，半夜披件衣服就出門了，半夜散步不能走太快——尤其保安用手電筒在後面照你的時候，有一次因為走得快，前後幾個手電筒將我包圍，最後把他們帶到大門口，我按了密碼，又用鑰匙打開家門，他們才相信我不是小偷。人生經驗總結：路上有驚慌。

一次半夜散步，從一個窗戶傳出來一個男人歇斯底里的咆哮，我湊近聽，又聽到了一個女人的哭聲，哭聲不是很大，接著就是砸東西的聲音，一連串，估計沒少砸，不知道是男的在砸還是女的在砸，還是兩人比賽著砸。又看到警察了，這次我沒有快走，而是邀請警察跟我一起聽。家家有本難念的經，人人都有無法啟齒的憂傷。

我經常是無目的地瞎走，有時走著走著就聽到麻雀嘰嘰喳喳在叫，天亮了，這才回家。有一次走了很久，我覺得肚子空了，就想在早點攤上吃碗熱呼呼東西再回家。一個小吃攤剛出攤，我去時老板正準備生火，我問有吃的嗎，老闆頭都沒抬地說沒有，又說想吃就等。我找了個椅子坐下，看他架灶生火、燒水擀麵……老闆第一次遇到我這樣的顧客吧，能在寒冷的早晨等一個小時，就為了吃一碗餛飩，不知道他是出於感動還是恐懼，最後堅決不收我的錢——八成是被我嚇著了。人生經驗總結之：天下沒有免費的午餐，但早餐不一定。

吃完早餐時，路上多了很多趕去上班的人，我觀察他們，發現好些人睏得

36／這是傷口

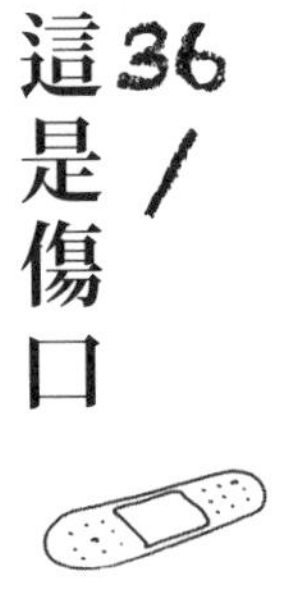

一天早晨，兒子看著我腿上的一處傷疤說：「傷口。」

我兒子掌握的詞彙很有限，就那麼幾個，還經常忘了說，但他知道那是「傷口」，還主動說了出來，說明他心裡有爸爸了，知道關心了，心疼了。……看，我也能編造出這麼溫情的故事來。可以自欺欺人，但不能總是自欺欺人，這是我的觀點，他看到我的傷口還說了出來，跟感情一毛錢關係都沒有，「傷口」跟他所認識的其他東西如「杯子」、「蘋果」、「圓形」、「秘密頻道」等沒區別。如果一定要說有什麼區別：別的東西他可以動可以摸，但傷口不行——

他再摳又會流血，然後幾天都好不了。所以我一把撥開他的手，厲聲道：「少對我動手動腳，放規矩點。」

幾天前我摔了一跤，膝蓋處磨破了一塊皮，剛結疤。我兒子每天都比我們醒得早，我還在睡夢中呢，隱隱約約就覺得有人在動我，睜眼一看，兒子正在摳我腿上的傷疤呢，我當時睡意正濃，沒理會，翻了個身繼續睡去，一會兒發現他的手又摸了上來……他就喜歡這麼做，這已不是第一次了。

春節在老家，烤火時，妻子羽絨衣的袖子被火爐燙出了兩個洞，暫時找了塊透明膠帶一貼應急。第二天我們一家飛北京，但得先坐大巴士到長沙。大巴士顛簸得厲害，我們很快睡著了，迷迷糊糊我總覺得臉部瘙癢難耐，手不時掃幾下，一會兒聽到一個小孩說：「下雪了。」羽絨衣上的透明膠帶不知什麼時候被我兒子扯了下來，他正一把一把地往外揪羽絨呢。滿車都是翩翩起舞的羽絨花，那麼潔白無瑕，那麼自由高貴，大巴士改變了線路，徐徐駛向童話世界。

大巴中途停靠在一家小店，以便大家下車吃喝拉撒，我沒心思，我得去找膠帶，為了防止兒子再拉羽絨，妻子一直緊緊捏著裂口處，就像一個戰士按著中彈的胳膊。跑了幾家店都沒找到膠帶，看到妻子那無助的眼神，我非常自責。

一家飯店裡一個小孩在做作業，文具盒裡就有透明膠帶，我假裝關心他的學業，偷偷把他的透明膠帶弄到了手。給羽絨衣重新粘膠帶時，我安慰妻子：「行了，別生氣了，多想想開心的事吧，現在至少知道這件羽絨衣貨真價實了，多好的羽絨。」羽絨衣是妻子在淘寶網上買的，拿到手後她總懷疑貨不真。一路上我兒子還在打羽絨的主意，總想去撕開透明膠帶，但都敗在我們的高度戒備下。

兒子很早就知道「傷口」了。他手指曾經劃破過一次，早就很老到了，但他時不時地會看一下自己的手，說「傷口」那自憐自哀的語氣，不知情的人聽到了，還以為我們是他的後爸後媽，他在我們手上不知遭受多少非人的虐待。天地良心，我們是這麼愛他，別說虐待，屁股都沒拍重過一次，用我媽的話說，「禾草都沒打斷過一根。」有時我也逗他說：「傷口。」一聽我說，他趕緊就去看手，然後又是哀怨地說一句：「傷口。」

兒子發現了我腿上的傷疤，一直想去摳，他肯定是想到了年初大巴士上拉羽絨的快樂。爸爸的腿裡可沒有羽絨！我不知道怎麼去跟他說這個道理。就算我知道怎麼去跟他說，他那麼固執，能聽得進去嗎？我只能躲，他手剛伸過來，我翻身；他手又追隨過來，我把另一條腿搭上去……疲於應付。還是早晨六點呢，昨天晚上爸爸工作到很晚，本來希望今天能美美地睡個懶覺，你就體諒一下爸爸吧。

我實在睏得不行，心想，摳就摳吧，只要你快樂，別說摳傷疤，你把老子的皮撕開了都行。我又睡下了。

剛睡下，又趕緊起來——他把皮摳下來後吃了怎麼辦，還沒刷牙呢。這麼一想我就不能睡覺了。你不就是想揭爸爸的傷疤嗎？爸爸不在乎了，揭我傷疤的人多了，幾個月前有個人對我說：「小蔡，如果要是認識你的人，知道你生了這麼一個兒子，一定不會很奇怪！」

什麼意思？我該有這麼一個兒子？我只能生出這樣的兒子？真是的。這個人跟我很熟，平時說話就喜歡開玩笑，嘻嘻哈哈慣了，但那一次，自我認識他來，第一次看他那麼認真、誠懇。前幾天又有一個人對我說：

「我跟自閉症打交道也算是比較多，臺灣也有一個家長跟你很像，很樂觀很開朗很幽默，很有個性……為什麼你們的兒子都是自閉症，這恐怕不是巧合吧!?」

不是巧合難道還是必然啊！你不是跟自閉症打交道多嗎？你總不該只認識我們兩個家長吧，大部分的家長是怎麼樣的難道你不知道？我跟臺灣那個家長才是例外呢，才是真正的巧合。你知道買彩票中一千萬大獎的機率是多少嗎？你知道喝水塞住牙縫的機率是多大嗎？你知道小行星撞擊地球的機率又是多少嗎？我知道，我跟那個臺灣家長知道，因為，我們剛中了一千萬，牙齒現在就被水塞著，正看著小行星飛向地球。

真是的！

我看著兒子揭開了我腿上的傷疤，他說：

「傷口。」

兒子，你會說傷口但你未必懂什麼是傷口，我告訴你傷口是什麼——就是你！你就是！你是爸爸媽媽的傷口；你們是全人類的傷口，想到這一點我就憂心忡忡——去哪弄那麼大的一塊ＯＫ蹦可以貼？

爸爸腿上的傷口，過幾天自己就會癒合了，希望爸爸媽媽心上的傷口，很快也能癒合，越快越好，現在就開始倒數：九、八、七、六、五、四……。

37／這是杯子

我以為我認識杯子，現在，不太確定了。

妻子拿著一個杯子問喜禾：「這是什麼？」

喜禾說：「杯子」

妻子說：「對，杯子，杯子是什麼形狀的？」

杯子是圓形的；杯子是白色的；杯子是陶瓷做的；杯子是用來喝水的；杯子裡裝了開水會燙手……我每天接觸杯子不下十次，但從來沒想過杯子還有這麼多定義、功能，這些我們不用去知道，但我兒子卻要知道，他就是這樣被迫去認識這個世界的，但問題的複雜性在於：

杯子不一定是圓形的，還有橢圓形、長方形、三角形。

杯子不一定是白色的，還有黃色、藍色、黑色。

杯子不一定是玻璃做的，還有瓷器，還有鋼做的。

杯子不一定只是喝水，還可以用來喝酒。

……

他一定會頭痛不已，筋疲力盡。

為了更多瞭解我兒子，我曾經嘗試過做一天「喜禾」，從他的角度去認識我們的生活，我們這個世界。

早晨，我看到了太陽——太陽是紅色的、圓形的，比西瓜大一點——西瓜是橢圓形的，綠色的，裡面是紅色的，可以吃，但要打開才能吃。

爸爸媽媽在睡覺，我自己下床去廚房找點吃的，我推開門——門是長方形的、白色的、木頭做的，可以開關，另：門會夾手；又另：小心點就不會夾到手；再另：但我總是不小心。

我剛打開冰箱門，一個雞蛋就掉在了地上——雞蛋掉在地上之前是橢圓形的、淡黃色，母雞下的，可以吃，也可以變成小雞，外面是硬硬的殼，裡面是蛋白還有蛋黃——蛋白是白色的，摸上去黏黏糊糊；我正準備拿優酪乳，爸爸就進來了——爸爸就是爸爸，老爸、阿爸、爹、老爹、阿爹、爹地，統統都是爸爸，老蔡也是爸爸，蔡老師也是爸爸，蔡先生也是爸爸，老公也是爸爸，媽媽那天說的「王八蛋」原來也是爸爸；爸爸只穿著內褲——內褲是三角形的，白色的，布做的，內褲後面的小洞洞是我掏出來的，可以放兩個手指頭進去。

吃完早餐後爸爸送我去幼稚園，樓梯口很暗，爸爸咳嗽一聲電燈就亮了——電燈是橢圓形的、發光、摸著會燙手，盯著看久了眼睛會疼，樓梯口的電燈咳嗽一聲就會亮，我哭也會亮，但是家裡的電燈要摸開關才會亮；走到樓梯口發現下雨了——雨是從天上掉下來，摔不死，滴到舌頭上會很涼，還會打濕衣服，沒有鼻涕好吃；另：鼻涕可真好吃。爸爸用衣服把我一包就往前衝，我們撞到了自行車，爸爸和我跟自行車跟自行車上的人都摔倒了，這時我看到了天空——天空是紅顏色的？還越來越紅了？

我以為，用一隻眼睛看爸爸，爸爸就會只有一隻手一條腿半個腦袋半個鼻子，我錯了。為什麼只用一隻眼睛看？因為，我的一隻眼睛被紗布蒙住了，爸爸說，那是因為我的額頭摔破了。額頭摔破了為什麼要蒙眼睛呢？我用紗布蒙住的那隻眼睛看爸爸，只看到了晚上——晚上是黑色的，晚上我用來睡覺爸爸用來打遊戲媽媽用來收衣服、洗衣服、燙衣服、疊衣服給我準備第二天吃的。

兩隻手能拿兩個蘋果，一隻手就只能拿一個蘋果，為什麼一隻眼睛看到的東西跟兩隻眼睛看到的一樣多？

為什麼？

不懂。

在搞什麼名堂。

還是我傻？

還是你們錯了？

我都要瘋了。

一隻眼睛看到的餅乾應該減半，一隻眼睛看到的蘋果應該只有半邊，一隻眼睛看到的爸爸應該只有一隻手一條腿半個腦袋半個鼻子，這樣才是對的。

我暫時不用去思考這個問題了，我太睏了，我要睡覺了——睡覺是舒服的，睡覺要在床上——床是長方形的，木頭做的，上面有被子有枕頭還有葡萄乾——葡萄乾是葡萄變老了——我的太姥姥活著的時候就是一粒葡萄乾後來被人吃了不見了。葡萄乾吃完了還會有，太姥姥吃完了就再沒有了。我好想念太姥姥，我還想念湯瑪斯——湯瑪斯是小火車住在電視機裡——電視機是正方形的，有一塊很大的玻璃，湯瑪斯出不來就是因為這塊玻璃。電視裡還住著天線寶寶住著找媽媽的小蝌蚪，還住著籃球、足球、乒乓球、網球，還住著我最喜歡的天氣預報——天氣預報主持人是個男的有時也是個女的。電視裡還住著飛機——飛機不應該在天上飛嗎？

電視裡為什麼能住下這麼多東西呢？為什麼魚缸裡放一隻凳子就放不下第二隻凳子了？——凳子是木頭做的，上面是塊圓形的木板，下面長了三隻腳。另：凳子的腳沒有腳趾頭，所以穿不了襪子。另：所以就不用擔心被水壺砸到腳趾頭，我的腳趾頭就被水壺砸過。另：很疼。

我上午沒去幼稚園是因為我要去醫院給眼睛蒙紗布，我下午沒去幼稚園還是因為又要去醫院，我把紗布扯下來了——紗布是白色的，布做的，包紮傷口的。

我一天都沒去幼稚園，我一天都用一隻眼睛看東西。我發現，用一隻眼睛看杯子跟用兩隻眼睛看杯子，看到的杯子都是一樣的，就像媽媽告訴我的，杯子是白色的，杯子是圓形的，杯子是玻璃做的……

但我還是認為，一隻眼睛看到的杯子應該只有半邊，因為我只用一隻眼睛在看。

遲早有一天會是這樣的。

38／這是被壓扁的小狗

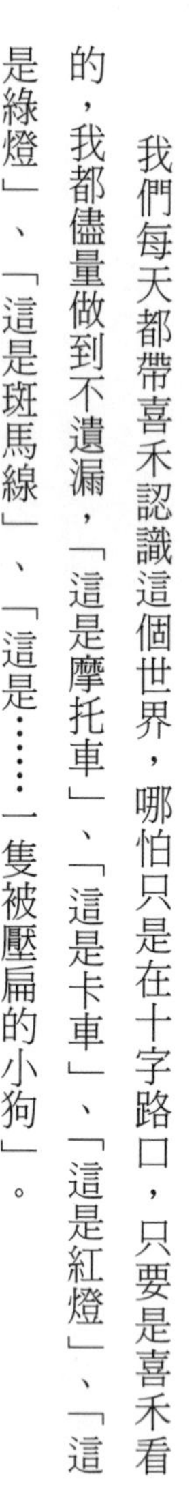

我們每天都帶喜禾認識這個世界，哪怕只是在十字路口，只要是喜禾看的，我都儘量做到不遺漏，「這是摩托車」、「這是卡車」、「這是紅燈」、「這是綠燈」、「這是斑馬線」、「這是……一隻被壓扁的小狗」。

一隻小狗躺在路中央，血肉模糊。牠本來想穿過馬路回家，或者，跟另一條小狗會合，上了馬路就被困在了中央，進退失據。沒有哪輛車會為牠停幾分鐘等牠穿過馬路，牠不值得。有個司機發現了牠，急打方向盤，汽車擦著小狗過去了，又一個司機看到小狗，剎車、轉向，差點就撞上了……不是所有的司機都能及時發現牠，今天是週末，他說好帶女兒去泡溫泉，泡完溫泉去吃披薩的，主管一個電話又把他叫了回去，路上他不但要在電話裡跟老闆解釋那筆訂單的流產只是一個意外，他還得安慰哭泣的女兒，看到小狗時他正答應女兒明天帶她去吃肯德基，他已經來不及做出反應，汽車撞到小狗後又從牠身上壓了過去，這時他感覺到顛了一下，只是顛了一下，強度還不及駛過社區門口時的減速帶，他本來想停車看看小狗的傷勢，後面那輛車的喇叭又響了——之前已經不耐煩地催了多次，他從後視鏡看到了一張焦慮、不耐煩的臉，一踩油門，他又向前開去，後面那輛車緊跟著從小狗身上壓了過去，司機也覺得顛了一下，等第四輛、第五輛車再從小狗身上壓過去，顛簸可以忽略不管了。這條小狗留給這個世界的最後一點印象，就是司機從牠身上壓過去時感受到的那一點顛簸，微乎其微，而且連這點微乎其微的顛簸都沒保持多久，很快牠就被碾成肉泥，不用很久，甚至都不用一天，牠就徹底消失在這個世界上，沒有證據能證明牠曾經來過這個世界上。

如果你足夠細心，還是能發現些許證據：幾根狗毛被血凝結在一起夾在一處地面裂縫中，狗毛的顏色已經無從知道；馬路邊的下水道裡還有個項圈，那個項圈自從套上了小狗脖子就再沒被取下來過，直到這次徹底取下，永遠取下，要不是項圈上變了形的金屬扣環鉤住了人孔蓋，就連這點證據都沒有了。幾天後的一場雨，連這點證據都會徹底消除，直到下一條小狗出現。

深夜，小狗的主人目送牌友遠去，關上門，從褲子口袋掏出一疊皺巴巴的鈔票，清點今天的戰果，贏了二十八塊。雖然不算多，但他已經很高興了，前半夜他還輸著呢。要是再打一個小時說不定贏得更多，他想，繼而又埋怨那個胖子，太賊了，手氣不好就不打了。他把錢放回褲子口袋準備去冰箱找吃的，踩到了角落的狗盆哐當一聲響，這時他才想起來，已經很久沒看到牠了。叫了幾聲牠的名字沒回應——牠不是什麼好品種，名字會很普通，普通到一叫會同時跑過來幾條小狗，假設牠就叫「牛牛」吧。主人在屋子裡喊了幾聲「牛牛」沒有回應後打算出門找找，剛出門又回來——入秋後晚上冷了很多，他隨便找了件衣服又出門了。

「牛牛！」「牛牛！」

他一路叫著小狗的名字，雖然披了件衣服但還是感覺到冷，他裹緊衣服繼續往前走。

「牛牛！」「牛牛！」

叫聲引來了一道手電筒光，手電筒光在他臉上晃了幾下，他用手擋但光線還是從指縫中射入眼睛。他碎碎念地走向光源，拿手電筒的人他經常看見，看見了有時也打招呼，但一直不知道對方的名字。

「還沒睡啊？」那人先說話了。

「還沒睡。」他也是這句話回應，「幹麻去？」

「接我老婆，」那人說，「她夜班。」

那人一說後他立即想了起來對方確實有個老婆，還是個售票員，他剛從監獄出來那會兒每週去派出所報到時總坐她的車。

「看到一條小狗了嗎？」那人走遠了他才想起問，問完他就意識到白問了，對方怎麼可能認識自己的小狗呢，但是對方還是回應了，太遠了聽不清，他含糊地「嗯啊」了一聲表示聽到，兩人各朝前方走去。

沒走幾步他又轉身往回走，天亮說不定牠自己就回來了，他給自己找了個理由。往回走時看到電線杆上貼著一張治療性病的廣告，一撕就下來了還是剛貼上去的，他一直不確定「濕疣」的「疣」字怎麼念，「濕龍」、「濕尤？」、

「濕疣？」……管它怎麼念呢，他隨手就把小廣告撕了。小廣告乘風飄了幾下後掛在了一個垃圾桶上。

以後的日子，牠和牠的名字會越來越少被主人提及，有一天主人處理剩菜剩飯時看到剩骨頭又想起牠來，「可惜了一塊好骨頭」，主人說不出的惋惜，說不清是在惋惜骨頭還是惋惜牠。

我跟妻子說了小狗的故事，妻子說：

「你怎麼可以跟兒子說這些？」

妻子覺得太殘酷了吧，我也可以把小狗的故事編得很溫情，相比溫情，我更喜歡真實。我有義務讓兒子知道，我們生活的這個世界，並不是那麼美好，並不總是美好。雖然它不美好，但我們還得熱愛這個世界，因為，我們沒有別的地方可去。

有時看見喜禾一個人在角落裡自言自語，我能肯定確實還存在著另一個世界裡，沒有爸爸，沒有媽媽，沒有傷痛，沒有煩惱——

只有我們無法知道的十萬個是什麼。

國家圖書館出版品預行編目資料

爸爸愛喜禾／蔡春豬 著. -- 臺北市：文經社,
2012.12
面； 公分.-- (文經文庫；A294)
ISBN 978-957-663-683-7 (平裝)

855 101023315

文經社
文經文庫 A294
爸爸愛喜禾

作　　者 — 蔡春豬
發 行 人 — 趙元美
社　　長 — 吳榮斌
編　　輯 — 林麗文
美術設計 — 龔貞亦
出 版 者 — 文經出版社有限公司
登 記 證 — 新聞局局版台業字第2424號

總社・編輯部
社　　址 — 10485 台北市建國北路二段66號11樓之一（文經大樓）
電　　話 — (02)2517-6688
傳　　真 — (02)2515-3368
E - mail — cosmax.pub@msa.hinet.net

業務部
地　　址 — 24158 新北市三重區光復路一段61巷27號11樓A（鴻運大樓）
電　　話 — (02)2278-3158・2278-2563
傳　　真 — (02)2278-3168
E – mail — cosmax27@ms76.hinet.net
郵撥帳號 — 05088806 文經出版社有限公司
新加坡總代理 — Novum Organum Publishing House Pte. Ltd.
TEL — 65-6462-6141
馬來西亞總代理 — Novum Organum Publishing House(M)Sdn. Bhd.
TEL— 603-9179-6333
印 刷 所 — 通南彩色印刷有限公司
法律顧問 — 鄭玉燦律師 (02)2915-5229

定　　價：新台幣 250 元
發 行 日：2012 年 12 月 第一版 第 1 刷

文經社網址 http://www.cosmax.com.tw/
www.facebook.com/cosmax.co 或「博客來網路書店」查詢文經社。